U0896856

特别的一天

吴念真 著

江苏凤凰文艺出版社
JIANGSU PHOENIX LITERATURE AND ART PUBLISHING, LTD

图书在版编目（CIP）数据

特别的一天 / 吴念真著. — 南京：江苏凤凰文艺出版社，2017.5
ISBN 978-7-5399-9999-9

Ⅰ. ①特… Ⅱ. ①吴… Ⅲ. ①短篇小说—小说集—中国—当代 Ⅳ. ① I247.7

中国版本图书馆 CIP 数据核字（2017）第 036239 号

书　　名	特别的一天
著　　者	吴念真
责任编辑	胡　泊
出版发行	江苏凤凰文艺出版社
出版社地址	南京市中央路 165 号，邮编：210009
出版社网址	http：//www.jswenyi.com
印　　刷	三河市华东印刷有限公司
开　　本	787 × 1092 毫米　1/32
印　　张	7.5
字　　数	120 千字
版　　次	2017 年 5 月第 1 版　　2020 年 1 月第 2 次印刷
标准书号	ISBN 978-7-5399-9999-9
定　　价	36.00 元

（江苏凤凰文艺版图书凡印刷、装订错误可随时向承印厂调换）

自序

吴念真

重写一篇序，却有写墓志铭的感觉。埋葬的是自己的小说，或者，写小说的自己。

最后一篇小说，就是收在这个集子里的《悲剧脚本》，是十六年前写的。记得那年瑞芳枫仔濑的矿场发生灾变，联副的痖弦先生要我写一篇“小说”。

枫仔濑灾变现场的记忆犹新：抢救人员忙着接电加装抽水马达，现场灯火通明，老爸也跟去那儿帮忙，很没有效率，可能也没人理会地大呼小叫。矿务局一个官员跟记者说可能没有什么生还的人了，“因为……”他说，“他们名字的笔划都不太好。”

而，就在大约五十尺外，阻绝“闲杂人等”的红色塑胶绳旁，一个奥巴桑却绝望而认命地在为矿坑里的儿子烧脚尾钱。儿子的儿子跪在一边，从制服的学号看得出是四年级，十岁吧，表情是一脸疑惑、好奇以及因为围观的人多而不得不撑出来的严肃、正经；当时正是薄暮，微雨，燃烧的冥纸随风翻飞，火光时明时暗，是一个悲剧场面的绝佳氛围。我本能地从包包里抓出相机，焦点放在奥巴桑的眼睛和下巴之间，等待她把冥纸放入火中，不得不移近身子时，脸部下沿便有足够的光让我按下快门。

等待中，奥巴桑不经意地看了我一眼。

只是不经意的一瞥吧，对我来说，却就成了永恒的逼视。

那眼神极其复杂，像是礼貌的致意，像询问、质疑，像埋怨，像咒骂、轻视、敌意……甚至哀求，或者，同情——同情这个正以“兴奋”的心情企图抓住自认为杰出的一刹那的无知的旁观者。而，这个旁观者却正是出身自这个悲剧场景的自家子弟。

后来，我把相机收了起来，此后，直到现在，除了孩子，除了家庭生活之外，我不曾把镜头瞄向其他人。

几天后，我写了《悲剧脚本》这篇小说，因为解除了“虚构”之外，我根本无法掌握真正的情绪和文字进入真实的人间。

小说登出来的时候，我已经在中影上班了，从此与影像为伍，从此任何文字的终极目标都是为影像服务。

十六年后的现在，父亲过世了，枫仔濑的矿场早就不见了，相机的长短镜头都早已发霉了，机身虽然完整，但连卷片器都生锈失灵了……

而那个奥巴桑还在吗？我常想起她的眼神。她大概永远都不会知道，当年那么不经意的一瞥，却让一个人从此和他人生的一个阶段永远地告别。

《特别的一天》当初远流要出版时拖延了许久，拖延的是我自己，理由正是那种已然决定告别，何必留下痕迹的心情。后来，是当时小说馆的主编陈雨航把所有稿子收齐、打字、校对、编辑完毕拿到我家，我唯一要做的是写一篇序，没想到，我还是照延不误，结果，是好友小野为我写的，许多人都说他的序比我的小说好玩。我当然也这么觉得。

这回，远流再度重出《特别的一天》，理由是什么我不知道，不过，我猜，大概是他们知道这个人要再写小说已经很难了吧？干脆就用这本书做这个作者的告别纪念。如果是，我这个序就真的是墓志铭了——是留给自己的小说和曾经写小说的自己。

铭曰：躺在这本书里的文字和作者一样，面对可能的礼貌的致意，或询问，或质疑，或埋怨、咒骂、轻视、敌意……或者同情，都只能无言以对——因为两者都已经死了十六年了。

也是广告也是序

——一个不要当杰出青年的人

小野

猜拳输的去当十大杰出青年吧!

一九八八年的六月十三日在办公室接到林怀民一通紧急电话，问了我和念真的生辰年月日，最后丢下一句话：

“你和念真都还有资格报名十大杰出青年，你们两个人猜拳，输的参加吧？”

“为什么？”我的反应很直接，因为十年前，我们就被人推荐要参加选拔，十年后，还算青年吗？

林怀民的理由是善意的，他认为电影工作者为这个社会干了不少事，可是并没有得到应得的地位。

由于林怀民的善意，我便在电话这端一口答应：

“好吧，那就推荐吴念真吧，他人在意大利参加贝沙洛影展，要陷害他，就要趁这时候。”

由于第二天我也要去意大利，所以我只剩下半天的时间来替他填所有表格，包括祖宗八代身家调查及一些自传、优良事迹等。

在慌忙中，我打了电话给念真的妻子阿瑞，要她送照片及一些资料。阿瑞立刻开车载着儿子赶到公司，把一叠头发长得像通缉犯的照片交给我，我们都笑了：

“这哪里会像十大杰出青年？”

为了节省时间，我找出一篇我写的文章，正好是描写吴念真的，把其中“他”字改成“我”字，于是便急就章地完成了一篇很奇怪的三千字自传。其中便出现这样吹嘘膨胀的文字：

“许多文坛先进对我未来的创作的延伸性及可能性几乎是肯定的——在同辈年轻作家中，我是相当耀眼的一个。”

“在当时中影公司的环境，我算是一个相当强烈的异数，那样敏锐、悲悯、关怀、真挚的一个年轻作家……”

“也许就是借着我过去一贯从生活中磨练出来的韧性吧，在许多不顺利、不称心的工作中，我仍然脱颖而出……”

我一边修改，一边笑，我想，这下子吴念真要被我出卖得彻底了！

我忘了在优良事迹及推荐理由上写了什么，因为印象中的十大杰出青年好像都必须是圣人再世，赚来的钱一定要捐作爱国基金，品德高尚不能讲三字经，最好童年贫苦靠着自己奋斗，清清白白……总之，要找杰出的理由，念真还真是不少的，例如他是矿工之子，每天走一小时半去念小学，为了讨生活，念完基隆中学便到台北找工作，送过报纸，当过酱菜学徒，在私人诊所包药、扫地，在办公室当工友，替老板娘儿子送便当——反正《恋恋风尘》里面那个受气包的少年就是他。

反正，写得越卑微可怜，当选十大杰出青年的机会就越多，于是我就猛写猛抄。

当然，属于念真表现最杰出的一部分，我却省略了。那就是他对于他自己所出生的、成长的社会环境的敏锐观察及强烈的批评——而那些批评都由于关怀，可是通常会被一些有“洁癖”的人归类是“挖掘社会黑暗面”。

我省略了这些真正杰出的一部分，其实潜在的是一种对选拔十大杰出青年过程及标准的彻底怀疑。

填完了表格，写完了自传及推荐理由，就用限时挂号寄给林怀民。

第二天，我也去了意大利。

在意大利遇到了念真，我甚至忘了告诉他我做了这样一件糗事。因为如果被他知道，他一定火冒三丈的。

在意大利东岸的古城贝沙洛，我们这些年所努力的所谓新浪潮电影，正和苏联及葡萄牙的电影并列为这次研讨会的三个重点。来自全世界七百位影评人及记者都集合在这个美丽的城市讨论来自中国台湾地区的二十多部新电影。

这应该是我们很骄傲的一刻，但是我们很少去谈这些。我和念真在贝沙洛的街道散步时，我们的话题都是如何给小孩买一双很有特色的皮鞋，或者一辆意大利玩具车，一把玩具枪……。

我们不再是青年了，我想。

理想、成就、打拼……属于青年时代的事，大概要往前再推十二年吧。

那一年，当我们还是青年，但不一定杰出。

一九七六年九月，念真考入辅仁大学夜间部会计系就读，白天在台北市立疗养院工作，开始有作品在联合报副刊发表。当时的我，比他大一岁，已经念完大学在龙岗当预官排长，而且已经厚着脸皮出版了两本还算畅销的小说集了。

我们彼此不认识，直到第二年二月，共同在骆学良先生的鼓励下，我们和联合报签约为“特约撰述”，每个月支领新台币五千元，被“逼着”写小说。

就在同一年的九月，联合报第二届小说奖揭晓，我和念真都得了奖，我第一，他第三。（这是在许多竞赛中我少数能赢他的纪录，所以一辈子不会忘记。）当然更不会忘记的，便是在颁奖典礼上，我终于见到了这位精瘦略黑，神态羞涩保守，但眼光却坚毅诚实的家伙。见到我，他的第一句话便是：

“喂，我不能接受你的《蛹之生》，《试管蜘蛛》还不错啦！”

记得那年坐在领奖位子上的人，还有蒋晓云、李捷金、李赫、洪醒夫等人，后来大家都成了朋友，至今还有联络，除了车祸意外死亡的洪醒夫。

后来念真的小说，像《白鸡记》、《是的，哈姆雷特先生》、《白鹤展翅》在每一年都得奖，一直写到一九八一年的《悲剧脚本》，吴念真的构想就不再用白底黑字发表了，而都一部一部的变成了电影。他服务、娱乐了更多的观众，喜爱他小说的读者只有买一张电影票走进电影院看那些“吴念真式”的“社会批评”及“乡土关怀”电影，当然这其中有不少因为导演处理、演员表演及老板想要票房的妥协等，已经不完全能代表“吴念真”了。

每回有人要批评吴念真的电影不如小说来得纯粹时，我都会忍不住为他叫屈，回敬一句：

“有那个作家转行成编剧，能比他干得更好的？不妥协的？”

写小说的这几年，我们彼此的了解真的就只来自小说。我们彼此读对方的小说，不服气的放在心里，赞美的也只在背后说。永远记得一九七九年我赴美念书时，收到骆学良先生的一封信，信中剪下别人写给他而提到我的一句话，大概是称赞我在那么多写作者中还算是诚恳的……之类的。我看那段被剪下来的信的字迹很像是念真的，一直到现在，事隔快十年了，都没有向他求证，因为我猜想，就是他吧，也就这样一直“认为”了。

没想到后来，我们不但成了同事，共用一张办公桌，一只相同号码的电话，更变成别人心目中分不清楚彼此的好朋友。

当然，这也是最令人懊恼的地方。

请不要叫错我的名字。

天底下最冤枉的事，莫过于你和一个朋友常被别人搞错，而偏偏你又觉得自己长得比另外一个人帅。

我和念真便是这样的一对朋友。

最糗的，当然是我们其中之一遇到了某位陌生朋友，先是对你称赞恭维一番，甚至聊了很久之后，才发现是搞错了对象。

当然也有很方便的时候。例如他和别人约会，忘了赴约，便会打通电话给我说——你代替一下吧。我没有拒绝的权力，也就凑和着去赴约了。当然，他也替我干过一些包括演讲之类的事。这些事干久了，心里会有不平衡与挫折。例如有一次他替我去某大学演讲，底下听说来的是他不是我，于是有些人便毫不留情的起立走掉了，使他信心大失，回来把我臭骂了一顿以泄恨。

不过，我也有过相同的经验：一个女孩用非常崇拜的口吻捧着书冲向我要求签名时，我看着她手中的书名是：《抓住一个春天》，我把心一横，好人做到底了，大笔一挥："吴念真"。

会被别人搞错的主要原因是，这些年我们的名字经常同时出现在一些媒体上，一起被归成同一类，好像永远他做的事，我都有份；而我的事也少不了他。为了区分彼此，划清界线，我们之间有不太为人知的"四大坚持"：

1. 如果有人找他演讲他婉拒，再找我，我也一定不去，反之，亦然，争的是"面子"。

2. 念真喜欢像日本少女那样牙齿有前后排的女人，通常是我最不能接受的。他一直怀疑我的审美观点，我更受不了他那种抱起杂志上的女人猛吻一阵的冲动。

3. 有人崇拜念真的粗野，说他爱讲三字经，有时口嚼槟榔做性格状。我为了要拼这口气，现在也发展出七字经，并且经常不穿鞋在办公室走——以免别人会认为他是小"野"。

4. 念真悲观、煽情、夸张，和他在一起会觉得世界末日到了。

为了和他明显区别，我总是努力让自己露出“明天太阳还会再度升起”的微笑——美其名是一种信心吧。

如果你还有一张电影票的钱，不妨考虑买一本吴念真的小说集吧!

从意大利回来之后，念真打电话给林怀民，要求取消十大杰出青年的申请，理由是太恶心了一点吧。林怀民同意撤回所有表格，就这样，结束了闹剧一场。

然后念真告诉我，他要出一本小说集，距离上一本小说集《边秋一雁声》正好十年，要我写一篇序，也算是我想陷害他当十大杰出青年的报复吧。他交代我的序不准写的太严肃，也不必谈小说，他说：

“写好玩一点，比较容易吸引人来买。就写我这个人好了，其实我很有趣的。”

对了，其实念真从头到尾是一个很好玩的人。有时看他在一群朋友面前吹嘘、讲那些我听过N次的笑话还能口沫横飞面红耳赤时，我只有蹲在角落偷笑。有时他会人来疯的勇敢撕去害羞内向的外表，浑身上下扭动的逗大家乐。当然更好玩的是他有时会忽然用很严肃的口吻在众人面前说着一些很诚实的话，好像要哭的样子——他妈的，你会觉得他真正脆弱得可以了。

吴念真有他独特的魅力——这是一个漂亮女孩亲口对我说的，而也是我至今不服气的。不过，有许多朋友不远千里的要去他在台北小城的家造访，有些人是去逼剧本的，有些人是去请教宣传文案的，有些人是去抒发一下情绪的，也有些人只是去找他游泳玩耍喝酒的，吴念真的确有许多三教九流的朋友，他经常是他们之间的意见领袖——因为他说话煽情而夸张，这点我必须要重复强调的。

尽管吴念真写的电影经常是很卖座的，但是他的小说并没有像电影那样“畅销”，倒是最令他自卑的地方。于是他常常会自言自语的对着自己说：

“咦，其实我的小说也有人买哩，你看，《抓住一个春天》都发行十年了，每年都还有人买，不错呢，你看，还不错哩。”

或者，忽然口出三字经：

“这种文化水平低落的社会，那么多烂小说都在排行榜上面，写的越烂的，越多人买！”

其实，我是很同情他的，也很了解他的心情，他在骂“烂”的时候，我很心虚，因为我的第一本小说集已经卖了第五十三版。

不过，基本上，我当然是同意念真说法的。对于目前台湾在文化、政治、社会上的一些观念，我们之间没有四大坚持。

我常想，念真写了那么多的电影剧本，看过他编剧的电影的观众加起来，必然是一个非常可观的人口数。如果他们每人买一本吴念真的小说集，那么吴念真一定会说：

“哎呀，真是公平的社会，文化水平显然提高了。写得越好的小说，越有人看……我老是高居排行榜第一名……也该换换人吧。”

是的，如果读念真小说的人口能像看念真编剧的电影一样多人的话，可能我们真的要对台湾的文化水准重新评估了。

所以，我有个良心的建议：

如果你口袋里还有一张电影票的钱，不妨考虑买一本吴念真的小说集吧！它不贵，却可以使你活得更有价值。（广告）

壹

白鸡记

我……我怎么走到这儿来了呢?

当落脚仔的腿根被透过橡胶皮垫的锐石深深刺痛时，他才猛醒过来似地顾盼了一阵左右寂静且明亮地令人睁不开眼睛的山野。

那时已近正午，炙热的阳光从开满黄花的相思树的叶隙泄下，在淡淡的荫影中形成点点光圈；身旁深绿的茅草丛中噪响着唧唧的虫鸣，抬头看，那婉蜒的黄土路尽头正升腾着一层层热气，使得邻近参差错杂的墓碑、骨灰瓮子，和起伏的土堆都相形缥缈且悸动起来。

“我来这儿干什么呢？”落脚仔把挂在胸前的袋子卸了下来，顺手以袋子抹抹脸上的汗，一边自言自语地问道，

“生意不好好去做，大白天，你有资格在这儿踏青游山？嗯？你——有——资——格——吗？”

愣愣地喘了一阵气，他忿忿地把袋子里那叠以铁夹扣住的爱国奖券用力地抽了出来，一边无意地扇动着，一边却竟就“你无用路啦，干，活该去死好啦……”什么的狠狠地咒骂起自己来。

“日头赤炎炎，你来这儿要死啦是吗？”他说着把手杖和油腻不堪的帆布袋子往地上一掼，“死给谁看？哭给鬼听？自己没用还敢厚脸皮丢人现眼，哭个屎，眼泪不要钱是吗？嗯……”

骂着骂着不由得便愈想起早晨所遭受的一场奚落来，而一俟他往相思树下倚去，眨着眼睛哀怨地望了望山岗西向上那株孤单矗立的山棕后，难忍的泪便随着他吸着鼻涕的声响轻轻地滑落下来。

似乎是随着某种特殊日子逐渐接近的步迹，落脚仔的内心这几天总有一股愈发强烈的意念，驱使着他在市场兜售奖券时驻留在鸡贩的摊位前，怔怔的凝视着竹笼里那些拥挤而静伏着的鸡只；头几天，当鸡贩热烈的招呼时，他还会开口问说：“这是土鸡还是饲料鸡？”

“哇，全是白的呢？奇怪咧，那这土鸡怎难得见到只清洁当当白雪雪的？”

“土鸡一斤要多少？”

“如果，你找得到一只白色的，全白的，而且纯放饲的土鸡的话，你一斤不知道要多少？”

连续几日自己都忍不住的询问，当落脚仔逐渐地感觉到鸡贩厌烦的冷漠后他便很有自知之明地远离摊位，唯有呆板地呼嚷着“第一特奖在这里，发财的高速公路，坐着吃躺着拉的第一步……”时才会抽空再看看那些鸡，然后放低声音赞叹地道：“这些鸡，真的肥哪！”

今朝那股意念却是挟着莫名的急躁鼓动着，而好死不死的当他较往常略早些踏进市场时，鸡贩的摊位前刚巧半个人影也没有，于是他兴冲冲地扭了过去，把手从竹笼六角形的洞中伸进去，很仔细的触摸着那鸡只温热且厚实的胸脯，当他像拥抱着长年思慕的珍物，脸上缓缓现出满足且安适的笑容时，刹那间他更察觉到那鸡贩冰冷的眼光亦正在背后瞅着他。

“喂，老兄仔，这几天能不能留意帮我找一只纯白的土鸡！”最后，他只好把手很不在意似伸出来，抬起头仰视着他说，“约莫三斤多就行了，太大了肉太硬，对么？这钱由你算好了，反正……反正……嗒……我们又不是陌生，我才慢慢地……”

没想到那鸡贩非但没有答腔，甚至把整个脸都偏到一旁去。也许单纯地只想打消这种尴尬，落脚仔只好自嘲地笑了笑，捡起手杖伸进竹笼里，捣得整笼挤卧在一起的鸡只都骚动起来，一边七七八八像哄孩子般地念道："啧啧，起来喔，得鸡瘟了是不是？咳，几点了还睡觉，人家苏澳的火车都开到高雄去啦！……"

"你家才得鸡瘟咧！一个死了不够，长年病和半遂仔抓来凑！"鸡贩这时不禁扯开嗓门叫得整个市场都凝固起来："×伊娘，一大早方开市你就在这儿给我触霉头，你到底想怎么样你说！嗯放——明——白——点，我忍了你几天已经很对得起你啦，要不是看在你半遂可怜的份上，×伊娘，我早泼你一身鸡尿屎，我告诉你！"

落脚仔把手杖急急地收了回来，慌慌地不知所措，最后只好扯出笑脸连连地哈着腰，那畸形的动作配合着腿根下橡皮垫子在微湿的地面挤出的怪异声响，惹得围观过来的人不禁都笑了起来。

"你没够格在这儿土鸡白鸡啦，你懂不懂？"鸡贩一边恶狠狠的朝他嚷着，一边把整笼鸡只往里头拖了进去，"癞皮狗还想啃猪肝骨，×伊娘，去和尚店买只豆鸡吧，钱没有我付，伊娘，只要给我滚远一点卖你的奖券去！"

最后，人们嬉笑了一阵后逐渐散去，于是市场便又再度活动且喧腾起来，交织的人影中，落脚仔那矮小的身子和一脸难堪的苦笑便更显得孤单凄凉。

"啊——"末了他只好作势摇摇头沙哑地叫了一声，顾盼一阵左右人们晃动的背影，和着泪说，“我今朝实在霉气，你们说，对不对？也没怎样，结果……唉，霉气啦，嘿……”

他不停不停地说着，一边慢慢地扭动身子离去，而那声音很快地便被叫卖的呼嚷给淹没了。

那日午后，当落脚仔拿着奖券沿着西晒在街道留下的荫影，一路机械的叫卖过来，踌躇了一阵却又在市场门口站定时，里头除了满地飞舞的金蝇外，摊贩和人群早已杳然，落脚仔缓缓扭了进去之后竟又在鸡贩的摊位前站着，木然地呆想了一阵，直到一群追逐而过的孩子几乎把他撞倒时，他才伸手赶掉脸颊上的苍蝇，缩起肩膀偏下头揩了揩脸上纵横的汗水，而这时，他却被地上的某件东西吸引住了。

就在腿边那堆菜叶、鱼鳞、内脏和长长的蔗皮积成的垃圾里头竟有一撮雪白的鸡毛！那定是翅膀上的毛，他想，要不然不会那么宽阔修长，也许经过半天烈日的烘烤，它们竟显得那么干爽，微风一起，它们都微微地招动着，那颜色和姿态都令人忘了冲鼻的腥臭，落脚仔慌慌地把奖券塞进帆布包里，伸出手杖撑着，艰难地弯下身伸出手拈了几支，放在手间就那么把玩着。他甚至被它细致的纹路和自己污黑粗糙的手掌所形成的强烈对比深深地吸引住，他仿佛觉得，该和在地面那堆垃圾里的是自己这层饱濡过人世烟尘的老皮，而不该是这般洁白可爱的东西啊！

就这样自顾地捡着那些羽毛愣愣地笑着，归程时，落脚仔非但早已忘掉早晨的屈辱，甚至对行经的街巷弄堂和相逢的人们都倍觉亲爱起来。

“嗨！”当落脚仔低着头依然望着那些羽毛，而鼻息间忽然嗅到一股清新的玉兰香时，他听到有人叫了声“你也会笑吗？”

他偏过头去看时才知道自己正走过全镇上最体面的那栋屋宇前，透过短墙上头雅致的栏栅，他发觉那个听说在城市女校读书、而后被退了学的女孩正趴在栏栅上看他。

“你也会笑吗？”她再问了一次，落脚仔注意到她闲闲踢动着的脚边正堆着木框、纸张、水罐和一些彩笔。

“我？……会，会啊！”落脚仔说。

“我常常看到你呢，像你这样也笑得那么开心，一定有很快乐的事情吧？”她问着，而眼睛却一直瞪着落脚仔的腿。

“快乐的事情？有、有、你看，”落脚仔把手上的羽毛朝她举去，“我捡了一些白色的鸡毛！”

“鸡毛？”她伸手拿了去也看一下，“哇，很巧哪，我也正在画鸡呢，可是我却不快乐。”

“你会画画？哇！真灵巧。”落脚仔赞叹地说：“可不可以让我看看？”

“你想看？真的想看？”女孩把鸡毛还给他，诧异地问。

“是啊，画当然给人看的，不是吗？”

“好啊，嘿，你是第一个跟我说要看我的画的人呢，”女孩整个脸忽然都亮了起来，抓起画板犹豫了一阵说，“可是你不能笑！”

“不会，不会！”落脚仔接过画板说。

那纸上画的是两只正在啄食的鸡，毛茸茸的，但除了脖子上多添了一道鲜红的领结似的东西外，画布上一片白。

“是土鸡吗？”落脚仔忽然兴奋起来。

“是乌骨鸡，我爸养着说要做补药的。”

“是白色的吗？”落脚仔急急地问。

“是啊，全白的哪，有时我还帮它弄毛，你知道乌骨鸡的毛和兔子毛一样哪，不像你手上拿的那种，对了，你说，我该加上什么颜色？”

“加色？”落脚仔忽然把画板挪了回来，猛摇着手说，“不能加，不能加，千万加不得，白色的多好！不是吗？”

“是吗？但我妈却不爱，她说不吉利。”

“喔！……喔，”落脚仔吞了吞口水，把画交还给她，竟便小声地说，“我可以看看真的鸡吗？你说那养着的乌骨鸡！”

“好啊！”女孩的眼睛一亮，“我方才把它踢走呢，好难服侍，要它们安静下来几乎吃掉我一大盒巧克力糖！”

说着女孩一放足便往庭院深处奔去，一边喊着："大毛，二毛……呼呵——"

落脚仔看她远去，便笑着撑在栏栅上探视着里头的模样，而这才发觉那阵扑鼻的花香原是来自院中那株高大的玉兰花树，宽阔修长的叶面像极了手上的羽毛，细看之下它甚至也有纹路呢，只是日近黄昏，那花这会儿便全撑开着，像在祈求什么似的把原本象牙般的花瓣面朝天空摊开着。

"狗屎，你懂的并不比我多……"

透过叶隙和重重的绿，落脚仔忽然听到一阵激动的叫声。

"……年纪大……比你多……"这一声倒是苍老多了。

"……大没用，……法律上不幸地要我称你而已……外国……叫彼得、罗拔……中国不开化……压死人的制度……不幸……你知道吗？"那激昂的声音又说。

"你怎么可以说这种话！"这倒是尖锐焦急的女声。

"不可以不可以不可以，你们说了太多不可以！知——道——吗？"这一声特别清晰，连邻近的叶子都似乎都颤动起来："……当你们……"

"大毛、二毛来！"那女孩的声音缓缓靠近，"这边！笨死了……这边这边……"

"我们怎样？嗯？说啊！"女人尖锐地嚷。

“不要逼我说！”

“嘿，就是它们！”女孩慌慌地前后追赶着抽空朝落脚仔嚷，“看——很不好抓呢——这边，唉——”

“当你们在制造我的当时怎么不说不——可——以——”

“我的妈，好不容易！”那女孩终于把鸡用画板逼到角落上，“嘿，就是它们！”

落脚仔这会儿真是高兴啊！他仔细地打量着它们奇异的黑色的鸡冠，嘴，和镶着一道白毛的脚趾，纯黑配着纯白，多美呵，他不禁再看看手上的羽毛。

“我……我可以摸摸它们吗？”落脚仔伸手触了触鸡头上的丝带花结问。

“当然可以啊！”女孩诧异地回视他，她蓦然发觉这畸形的人不但会笑，而且，就像这刹那，他满是皱纹的脸上那对眼睛里竟然泛满泪水，“当然。”

“啊！”落脚仔把羽毛收进帆布袋里，颤颤地伸出双手轻轻地抚着鸡。

“啊！……”他说。

这时那争吵的声音静止了，女孩只闻到花香，和来自落脚仔身上的汗味，同时也听到他浓浊的呼吸的声响。

我们家何处竟有这种花的香味？她想，……竟是那么好的味道，她想着，心底竟有一股难言的感觉。

“它们真乖！”好久一阵子之后落脚仔才抬起头说。

“也只这么一次！”女孩说。

“方才，”落脚仔把手伸了回来，而眼神仍留在鸡只身上，“你家兄妹吵架吗？”

“不是，我才不跟他们吵，”她说，“那是我那笨蛋哥哥和我老头老娘吵！”

“不能……唉唉……”落脚仔猛抬起头说，“不能这样称呼爸妈吧？嗯！不好啦！”

“管他的，你不晓得，”女孩说，“他们在镇上吃得开，其实他们好不到哪儿去！”

“好坏父母还是父母哪！”落脚仔说，“啊，对你们读书人我不会说啦……”

“太多人说过啦！”女孩这便笑了起来。

“啊！”落脚仔惊叫了一声，“我要回去啦，你看，看鸡看得都忘了天地啰！”

“要走了吗？”

“嗯。”落脚仔抬起身来。

“喔。”

“谢谢你让我看鸡。”落脚仔扭开了几步回头说。

"……"女孩看着他走，只摇了摇头。

"嘿，"又几步，女孩终于出声，"你能告诉我你的脚为什么只剩半截吗？"

"啊，没什么啦，"落脚仔似乎很开怀似地说，"医生锯掉的啦，不过他们倒抢回我的命呢！"

"为什么要锯？"

"我少年时在山上做长工，种杉仔，就像这夏天，晚上去洗澡踩进蛇窝，你不知道，哇，两只脚都被咬啦，我就自己先用火烧，再摘了些草药糊，结果，结果你知道怎样吗？嘻嘻……"

"怎样？"女孩问。

"第二天一醒来，哇，裤子都撑破啦，一支脚两支大……嘻，你都不知道，像杉块呢，扛都扛不动，我敢打赌，哈哈哈……那时候你看到一定会笑死，你知我像什么吗？哈哈哈……"落脚仔忽然笑个不停，笑得都弯了腰。

"哈……"女孩似乎也被感染了，竟也大笑了起来，"你说，你快说，像什么？"

"像一支脚踩一个煤油桶！哈哈哈……"

"煤油桶！哈哈哈……"女孩趴在栏杆上猛笑着，"后……后来呢？"

"后来，天又开始落大雨，我没办法还是要下山啊，可是溪流都涨了，过不去，它们就开始给我流那黏腻腻的汤呢，还好下雨，山上又没人，要不然，哈哈……不知要臭昏多少人喔！”

“后来呢？”女孩的声音低了。

“后来我就不知道啦。”

“那是谁去救你的？”

“……”落脚仔的笑容猛然冻住，缓缓地摇着头。

“没人去救你，那你？”

“他们是去报凶的哪，”落脚仔的声音不禁沙哑起来，“那几天，就我在山路中爬滚的几天，我阿娘竟断了气呢，……干……你不晓得我听到后……干……”

“是吗？”女孩偏过头去，双手捏紧了栏栅，她似乎强忍住什么，“是吗？”

“啊，其实她早就有病了，不过她总得等我回来，你说是不是？我……我是腿烂了并不是不肯赶路……”落脚仔说。

“我知道，”女孩咬着嘴唇，长发被风掀得一天都是，“她一定不会怪你……阿伯。”

“啊……”落脚仔摆摆手，那时天边火红一片，刹那间他仿佛看到什么！“再见啦，……那鸡，那鸡真漂亮！”

……看到啰……我和阿彩在这儿祭您……阿娘，您看这鸡，土鸡哪，真的土鸡，当然是白色的，像鹅一样干净的……阿娘，您吃……烧金了吧，阿彩，看火焰伸得那么长，烧的那么红！阿娘这会儿也有钱用了呢……

“你今天高兴什么？嗯？”当落脚仔的妻子帮他把橡皮垫子从腿上取下，端过水仔细地擦着他的身子时，她诧异的问，“袋子里奖券也没少几张嘛！”

“没有啊！哪有！”他低着头问：“你今天好一点没有？”

“憨狮那帖药好像有一点效，吃了头不晕了，可是……”

“可是怎样？”落脚仔猛回头焦急地问。

“没啦！”

“有是你说的，没有也是你说的，到底怎样你别开玩笑……”

“没有啦，只是……拉了一阵肚子。”

“啊，太冷了大概，药性太冷了，那别再吃那些萝卜干啰，那东西最冷了。”

“我知道，病这么久连这种禁忌我都不晓得啊？”

“嘻……”

“你高兴什么嘛！”

“没有啊！我正在掏耳朵罢了，嘻……好痒。”

“神经。”

“要不要我帮你捻一捻？”

“不要。”

“用鸡毛捻耳朵最舒服啦！”落脚仔说，“我今天在菜市场看到一只大白鸡，你看，这是它的翅毛，看这个就晓得它有多大了，我跟鸡贩要一根，结果，那个人憨憨，伸手一抓就这么一大把给我，还叫我要的话再去拔，我怎好意思哟！”

“拔光毛的鸡谁要买？”

“就是嘛，我就跟他这么说……啧啧啧……真舒服，来啦，我帮你捻一捻。”

“好吧！”女人说着便挪过矮凳子来，把头埋在落脚仔的腿截上。

“哇哇哇，对就是这里……夭寿……真的很舒服呢！”

“就是嘛！”

“对了！”女人忽然抬起头，落脚仔茫然地看着她久病之下蜡黄干瘪的面孔，她推推他说，“你一提鸡毛我才想起来，阿娘的忌日到了呢！”

“是吗？”落脚仔心底一阵抽搐，“啊，对啊，好快，我实在不孝，差一点都忘了。”

“你如果忘记真会被雷公劈死，亏你老娘养你！”女人说，“不过，你赚的钱都被我吃药吃完了，我看连牲礼都办不出来啰！”

“哼，看我那么不行，”落脚仔说，“说什么也要买块肉买条鱼凑凑，最好……能有只鸡最好！”

“算了，阿娘不吃鸡你又不是不晓得。”

“她只是不吃饲料鸡，说饲料像晒干的鸡屎，吃屎的鸡她不敢吃，她说。”

“你是说你要买土鸡？”女人睁大了眼，“现在哪里找得到纯土鸡，而且，对了，阿娘也不爱有颜色的鸡，以前啊，她不是说除了白鸡最干净外，那些有色的鸡都是坏鬼变的，吃了弱气吗？”

“也许可以找到呢！”落脚仔说，忽然，他想起了玉兰花香，和那趴在栏杆上听他说话的女孩，“也许有呢，如果找到了，拜完阿娘还可以把憨狮以前开的那帖药拿出来炖，那不是要一只鸡炖吗？”

“算了，”女人说，“纯浪费钱而已。”

“不试怎么知道呢？”

然后两人突地都静了下来，落脚仔轻轻捻动手中的羽毛。在黄昏的灯光下，那羽毛呈现着的是高贵的象牙色，随着落脚仔的动作，它轻舞一团如花，如黄昏全开的玉兰花。

“阿娘人真好，尤其对我，”女人又开口说，“只是嘴巴禁忌特别多，鸡不是白土鸡不吃，鸭子吃蚯蚓，她也不敢吃，只有鹅说是吃草的她才吃，真真是……我都记得她要去的那一天，我问她说‘阿娘，你想吃什么吗？’她先是摇头，后来勉强才说，有有……块鸡肉吃吃多好啊！我一想这白土鸡肉真难找，便问她说‘阿娘，鹅肉好吗？’她点点头，可是跑遍了整个庄子也找不到一只可以杀的鹅，后来我只好去面店切了一块鸭，把它撕成一丝丝的，我好怕她认出来，结果，才塞进一小撮，她就闭了眼……你知道吗，她还把我的手指轻轻含住呢！”

落脚仔没出声，他依然在想他的心事。

“这样……这几年我一直在想，我这么病着，是不是她气我骗她而责备我的？”

落脚仔迟疑了一会，那白鸡强烈的印象又在他脑海里活动起来。

“喂，你说呢？”他女人问。落脚仔连忙慌慌地摇着头看她，一会儿女人便似想起什么似地说：“对咧，阿娘的坟草长得特别快，我怕你再去连路都弄不清啰！”

“啊，你爱说笑，”落脚仔这时却又信心十足似地理直气壮，“山头西，那棵山棕下，别说现在，就是我老得看不见也摸得出来！”

“我也记得那棵山棕。”他女人说。

那夜里，像对往昔彼此相扶持的记忆的回溯，他们就不停地谈着阿娘的种种，直到很晚很晚。

翌日，落脚仔夫妻俩都起来的晚些，当他背起帆布袋子，满脑子仍是一股莫名的焦躁正想踏出门时，早已阳光灿灿的外头忽然步履交杂、人声汹涌起来。

“这里，这里，贼窝就在这里！”有人高声地叫嚷着。

落脚仔正想探头出去，乌压压的一片人潮便把他逼回门里。

他女人从厨房冲出来，刹那间原本蜡黄的脸这下子更是惨白。

“什么事？”女人晃着落脚仔的肩慌慌地问。

“我……我不知道！”落脚仔望着人群睁大着眼睛说。

“装蒜！不知道？”人群里走出了个壮汉，扶着门框就嚷了过来，“你说！你把宋先生家的鸡偷到什么地方去了，说！”

“鸡？宋先生？”落脚仔结结巴巴地问。

“这位宋先生难道你不认识吗？”壮汉指着旁边一位体面的绅士说，“昨天黄昏你不是在他家围墙外鬼鬼祟祟地摸人家的鸡吗？说！偷到什么地方去了？”

落脚仔这才认出那人来。

“你怎么可以这样呢。”那人旁边站着的女人这便也开了腔，落脚仔刹时都明白了，这女人的声音他昨天的确在那屋宇的墙外听过，“我那两三只鸡养了一两年才长了两斤多，正准备过冬时给家里的男人补补身体，你怎么可以看看摸摸一中意就偷走了呢？”

“我没有偷鸡！我……”落脚仔这才说，“昨天我确实看过鸡也摸过它们，可是那都是宋先生的小姐允准的！”

“笑话，她看到你这副样子怕都怕死了，还敢不让你看啊！”壮汉说。

“她不怕我，”落脚仔说，“她还和我说话呢，说了好久，还给我看她的画。”

“你别在那儿跟我扯这个五四三的，鸡——在——哪——里？”壮汉一边说着一边用力捣着门框，使得屋内墙板上那面孤单的灵位都咯咯地震动起来。

“可是……我真的没有偷！”落脚仔焦急地说。

“你……”女人这便低下头拉着他的手说，“你……”

“我真的没有！”他说着望了望他女人，“真的。我没有偷。”

“啊——你这种人实在皮，我告诉你，你别人家宋先生给你面子你不要，等下我忍不住你可别怪我欺侮半身不遂的人我告诉你！”

“唉唉唉，别动粗别动粗，我说过我们只是来找个道理而已嘛！”一直面带笑容站在一边的宋先生这才作势拦住那人，且朝落脚仔说：“我一向很同情你，甚至到处要人暗中帮助你，难道你都不晓得？记不记得有一回我还一口气跟你买了两张奖券呢，虽然都没中，可是我仍是很快乐，因为我目的是在帮助你，你知道，哈哈哈……”

“我知道，我知道！”落脚仔连忙哈着腰。

“可是，你今天这样做便叫‘恩将仇报’，你知道吗？哈哈哈……”宋先生有韵有律地说，“鸡，禽兽嘛，谁吃都一样，可是你要总得让我知道，暗地将他人之物夺为已有，这便叫‘偷’，偷是很不好的，你知道我们镇上风气一向很好，你这一来，哈哈哈，恐怕会给年轻的下辈立下一个很坏——咦，很坏的模样喔，哈哈哈……”

“可是，宋先生，我实在没偷，请你相信我！”落脚仔又连连哈起腰来。

女人伸手抚弄了一阵半长且杂乱的头发，她呆呆地看着人群，任眼泪流着。

“我早先也说你不可能偷，”宋先生说，“但，市场那边的人倒是一直认为是你，他们说昨天早上在市场内你就有这种……这种……”

“企图！”女人嚷。

“不是不是，”落脚仔忙摇着手，他的女人猛转头回来看他，“昨天，我仍只是看鸡……”

“看鸡？喔……是看鸡，”宋先生轻轻地点头，眯起眼睛说，“鸡很好看？！”

“别跟他扯啦！”那壮汉又吼，“叫他拿出来，要不然吐出来！”

落脚仔不知所措地四下张望着，他女人忽然砰地一声跪了下来。

“叫他到玄天庙发誓！”门外有人叫了起来。

“对！”“把良心交给神明！”“对，对，这样合理些！”

“对！”那女人也尖锐地应和着，把一支涂满腥红蔻丹的手指直戳上落脚仔的脑门，“你，敢不敢？”

“我？”落脚仔才一问，他女人偏过头来把一双怨怒的眼睛朝他瞪着。

“这样没道理，我并没偷。”他说。

“你……不敢，不敢吗？”他女人急速地喘息着，断断续续地问他。

“好吧，”落脚仔把手朝她伸去，放在她的肩膀，“我去！”

“等你！”那女人一叫一挥，人群一边回头瞪着落脚仔，一边慢慢地外移。

阳光于是便也慢慢地把小屋的前厅浸透，女人依旧跪着，忽然转个身朝墙上灵位拜倒下来叫道：“阿——娘！”

“你，你，你怎么啦？”

“阿——娘，”女人没理会他，自顾哭叫着，“你的儿子……

你的儿子竟然做——贼！”

“阿彩！”落脚仔忙不迭地拉着她，“你别乱说，怎么连你也不相信我！嗯？”

女人回过头：“你别哄我，要不然你昨晚哪儿来的一把鸡毛？而且……还说买土鸡凑牲礼？”

“我只是说了，不是吗？”落脚仔急急地在帆布袋里掏着，“你看这鸡毛，宋先生丢的是乌骨鸡，乌骨鸡是这种毛吗？不是呢，我看过而且摸过，它像兔毛呢！”

“可是，他们又说昨天早上在菜市场你有企图……”女人仍袅袅地哭着，“而你却不是这么说，你一定在隐瞒我什么！”

“没有啦，要是有，我敢要发誓去吗？”

“有的话，你真的要说……我求你！”

“我真的没有！”

“有没有等下就知道啦！”门外忽然有人接腔说，“落脚仔！”

落脚仔一探头，那人便进来了，带着嘲讽似地一脸笑容的脸上甚至还黏着细细的鸡毛，不待落脚仔开口，他便说：“你要的鸡，找到了，纯——白——土——鸡一只！”

“真的？”落脚仔惊喜地叫了起来，“真的？那……那要多少？”

“免费赠送！”那人点起烟呼啦啦地抽着。

“不好，这样……这样不好，无论如何一定要，我会慢慢给你的。”落脚仔急急说完，便又朝他的女人说：“你看，我昨天在菜场是向他订鸡的！”

“啊，有了吗？”女人这才站起来，扶着木桌不禁轻轻笑着。

“有啊，”那人说，“免费。”

落脚仔痴痴地看着那人，他的脸上忽然出现一阵未曾有过的满足的光采，那神色且带着感激的，且不知如何言谢似的样子，那么羞愧般的舔着嘴唇欲言又止，最后，他只好把双手朝那人缓缓伸去。

“剁完，那鸡就送给你吃，要有报应的话，肚子里有东西你也省得报怨人家对你不好！”那人说。

“剁什么？”落脚仔的手停在空中，突地打起颤来。

“你不是去玄天庙发誓吗？市场内的人凑合出一只让你剁啊！”

“不能啊！不能啊！”落脚仔脸色一落，便皱起眉头哀哀地叫着，“不能剁啊！”

“为什么不能呢！”那人不屑地说，“怕人头像鸡头般落地？”

“不是，不是。”落脚仔急急地摇手，“这鸡这样不好——”

“有什么不好的？”

“我们会去！”女人忽然刚烈起来，让落脚仔吃惊不堪地叫嚷着，“你跟他们说，我们会去，但是，我们能不能问你一下，要是你们空嘴嚼舌，你们是否也要剁！”

“你别凶，自个儿摧残身体，”那人说，“歪理嘛，你是！”

“你们呢？”

“我们？……”那人把烟一扔，“啊，我不跟你这种久病的女人争,反正等下就晓得了,现在争,你一有三长两短我麻烦！”

那人说完便走了。

“阿彩，我没偷，真的没偷……”

“我知道。”

“鸡不剁不行吗？”落脚仔说。

“要在这边住下去，你就得剁。”女人说。

“他剁完给我们？”

“……”

玄天庙前千头骚动，善男信女拥挤不堪。

供桌排起来了！在日头下看不见光的蜡烛点起来了！

光头庙公里外不堪的忙碌着，青白色的头皮映着日头到处停落。

“给宋先生倒一杯茶来！”

“再搭一张桌子，让他站上去，要不然后面的人看不见！”

“刀子准备了吗？”

“红纸，红纸传过来！”

“卖菜送的素果，端上去！”

庙公把法衣抓出来了！

阳光中，法衣抖得一天如火。

“鸡，鸡呢？”

那屋宇外更沉寂了，闲闲的南风抚过，绿叶在骄阳下闪烁点点金芒。

“我昨天就在这里看鸡，”落脚仔跟他女人说：“我没偷。”

“我知道。”

叶隙中，屋宇的阁楼上，那女孩站在那儿。

“嘿，就是她让我看鸡的！”落脚仔跟女人说，“她是好女孩，我一定要让她知道我……”

落脚仔在墙外站住，在绿叶掩映中寻她的身影，他把手圈起来，他叫说：“我……我没偷你家的鸡，真的！”

树叶哗啦啦一阵清响，那声音便更幽寂了。

“……我若不实，愿天神共鉴，首落如鸡！岁次戊午，四月壬午日吉时，发誓人……”

砰！案木脆响。

庙公代落脚仔夫妻念完誓词，颤危危地从木梯跨下。好多人伸手去扶。

庙公站定了。

人群开始呼嚷起来，而天顶那朵云飘开后，阳光便整个倾泄下来。

“剁下去啊，剁下去啊！”他们齐声叫道。

“别怕它痛！”有人尖锐地叫。

“快剁啊——”

“剁完鸡肉就可以拿回去啦——”

“一次吃两只，当饱鬼啦！”

“剁啊——”

那供桌微微晃动，从高处看去，可以看到整个镇子的一部分，在烈阳和升腾的香烟中，那灰沉色彩的屋宇不禁都颤抖起来。

“阿彩。”落脚仔手扶着鸡说，“这鸡的确很好。”

“怎么都没有声音？”女人说。

“不晓得。”

“好像，这儿好像都没人，你有没有感觉到？”

“我也觉得！”

“剁啊！剁啊！”

“不敢是不是，不敢的话死下来！”

人群交互地嚷着。

“家里的人全死光了啊！”那男孩一踢进门便打开冰箱哐当当地找出汽水猛灌。

“都去庙里了。”女孩说。

“他妈，烧完一卡车香、纸，魔鬼还是魔鬼！”男孩说，“尤其是你那个老头，我同学今天还告诉我说他在邻镇看到他带女人进旅社，他妈的，烧香有什么屁用！”

“他们才不是去烧香！”女孩说，“打牌都没空了，烧香？”

“那他们去干什么？”

“去看人家发誓。”

“发什么誓？”

“有人把我们家大毛偷走了，是那残废的卖奖券的人。”

“谁说的？”男孩哗地站起来。

“因为他昨天看鸡时的神情很怪，老头问我时，我只好照说，后来他们就说的确是他。”

“放屁！”男孩这便又大嚷起来，“我不是说过吗？那些老王八年纪一大以为就料事如神，哈，这下子他妈的简直自己往自己嘴里塞屎！”

“又怎么啦，你。”

“大毛我抓走的。”男孩坐了下来抓起报纸，“我才是他妈该去发誓的人。”

“你抓鸡干什么？”女孩霍然惊立。

“我讨厌它，我讨厌，就这样，”男孩头也不抬地说，“他妈刚好今天生物课要解剖，我就把它抓去割啦，校工还对我奉承拍马地要鸡尸呢！”

“我们……我们……”女孩忽然哭了起来。

“一说杀鸡你就哭，乱没用的。”男孩晃晃她的肩膀说，“我们生物老师也是女的呢，人家她还把鸡肠子全掏出来，掏得一桌都是，叫我们量量那肠子和它老兄身长的比例呢！”

“我们，我们一——家——都——不——是——人——”女孩哗地一声嚎啕起来。

“他妈，你剁不剁？”

“剁啊——”

“不剁下来，他妈脱光衣服游街谢罪！”

砰！砰！砰！案木震天价响。

“剁吧，下面有人看呢！”女人说。

“一定要？”落脚仔问，“很多人看吗？”

“剁吧，眼睛闭起来。”

“阿彩，那你得忙一阵啰。”

“为什么？”

“你总得想办法把鸡脖子缝上去吧？”落脚仔说。

“为什么？”

“你实在很笨，你说，没头的鸡怎么凑牲礼？嗯？你实在笨！”

“啊！对！”女人这才又笑了起来。

“嘿，他要剁了！”

“他敢吗？”

庙公、鸡贩，和宋先生夫妇都站了起来。

人群都全看到落脚仔把一柄菜刀高举如剑。

“要剁了吗？”

“他真的要剁了哪！”

人群逐渐沉寂下来，最后他们都屏息仰视着落脚仔的手，和他手上的刀。

但见，那刀尖耸立，泛射出一道慑人的寒光。

那手，那刀，就像一根壮硕的地柱把一面千古亘存的青天稳稳地撑住了。

贰

巡夜

陽春麵
切仔麵

是夜微云，月光很淡；十一月杪了，土坡上那些堆积着废料杂物的小平地前错综地开着一丛丛芒花，午后的一场细雨连绵到入夜方歇，是故当刘清海一吐气一抬头瞥见森森的、淡淡的芒花的暗影时，只觉得那濡满雨滴的芒花连迎风摇头都显得呆滞而沉重。

“红砖厝是里长的家，路灯下的那间户长叫郑乞食！……”刘清海望着身边新来的江同进，用手指着夜色里低矮杂乱的一撮房舍大声地说，音调里带着疾步上石阶后的喘息，他把大盘帽往后一推，从裤袋子里掏出一团手巾在额头上胡乱地抹了一阵，放回去时却因松垂的枪皮带挡住袋口而折腾了好一会儿，是故他便低声咒骂起来，更索性当着路口就解下枪带、裤带重理衣服。江同进刹那间便瞥见他的里裤和裤脚下那双满是泥土、磨痕的皮鞋及没穿袜子苍白而瘦凸的足踝。

“刘先生，”江同进说，“应当小声一点吧，你这么叫，整条巷子都知道我们来了！”

“我们见不得人吗？”刘清海把枪带扣了回去诧异地问。

“不，而是见不得人的人知道我们来了的话，这巡夜就不用巡了！”江同进耐心地解释。

“江先生，这巷子，就说这整个山边的巷子，我知道并没有见不得人的人。”

“你真的知道？”

“十五年前我来时是这样，”刘清海指指胸前的阶级标志，“和这个一样，他们没变，也变不了。”

“两者有关系吗？”江同进问。

“有的，江先生，”刘清海像是自言自语一般地答，“当他们十五年来都平平稳稳地过活时，它也平平稳稳地毫无起伏。”

江同进默默地瞪视着他，刘清海并没发觉，兀自叫道：“进去吧！”

当两种截然不同的脚步声，一疾一缓地打破长巷的寂静，并把两道长长的身影扔进那微湿的，凹凸不平的，散落着垃圾的地面时，巷子的尽头仿佛有几条黑影闪逝。

“不要动——”江同进机警地大喊一声，那声音嗡嗡地回荡了一阵，“走出来——”

黑影颤颤地、一步一步往路灯走近，那脸逐渐清晰可辨，黝黑而瘦削，枯干焦红的头发乱成一团，他慢慢地走着，忽然想起什么似的。紧紧地把手如俘虏般地举了起来。

“身份证拿出来！”江同进说。

“江金木，和你同家的，”刘清海笑了笑说，那人闻声如获大赦般地睁大眼睛歪着嘴也笑了，“血型B，配偶蔡红柿，坡东里十三邻坡东路十五巷七之六号……”

“刘先生认识的？”江同进问。

“木仔！”刘清海以一声叫喊作答，“明天还做事，这么晚还不睡去？干吗？又下棋啦？”

“啊，对啦！”

“又和青番仔下了吧？”刘清海自问自答，“叫你别和他下，一步想两小时，赢他挨骂，输他也挨骂，你愿挨？”

“对啦，对啦！”那人点点头道。

“回去睡了，要不然明天红柿揍你我可不管。”刘清海说。

那人看了江同进一眼便匆匆地跑了。

“他不是去下棋，”江同进说，“他答非所问。”

“但是，他被你一吼却举起手，这表示他不论干什么去，这下子都认错了！”刘清海说。

“老板说这巷子赌风很盛，知错还赌表示知错并没用！”

“总比知错还拿理由压你、拿情面压你好。”刘清海说。

“你被压过了？”江同进问。

“不在这条巷子，”刘清海说，“他们拿不出情面，也不知道如何讲理由。”

“不过，”江同进说，“赌博是四大害之一。”

“我知道，”刘清海说，“另一处拿情面的人理所当然地开赌场盖高楼，这些连理由都不会讲的人却知道赌博是犯法的，抓他们他们认命。”

“那这就不止知错犯错，而是知法犯法了。”

“的确是，江先生，”刘清海说，“通常我们都知道犯法即犯罪，可是玩法的呢？”

“玩法的也一样！”江同进不耐烦地说。

“我也知道，可是，”刘清海笑着朝前走了几步，“玩法的却每每使执法的明明知道他们犯法而说他们没犯法！”

“我不懂！”

“我也不懂。”刘清海说，“只是这世上很多事就这么发生了。”

“刘先生，”江同进说，“你好像有很多矛盾的想法。”

“是年岁使然吧？！”刘清海说，“还是矛盾的事实使然？！”

江同进狐疑地看着他，便不想再问什么。刘清海缓缓地领头踱进深沉、黑暗且静谧的巷子里。夜风拂过，充鼻的是远处垃圾场的臭味和燃烧煤炭特有的气息，他很悲哀地想起一些互不关连的画面来，想起个把月前毕业典礼时学生队伍分列式的雄壮威武，旗帜鲜明鼓号震天，想起老板在交待刘清海时极其灰心绝望的表情，而一抬头却见到面前刘清海那种瘦弱、苍老，略显佝偻的模样。

“矿工通常是很无聊的……”刘清海走了一阵忽然回过头说，“下了工常不晓得干什么好……”

“镇上有电影院，你看，”江同进指指竖在屋顶上如冬季枯枝般的电视天线，“有电器化的东西可看，要不然，哈，夜市那边有茶室。”

“你应该再说一样，他们有儿女，”刘清海笑了起来，“这点对他们来说才是全部的希望，可是电影、电视演的不是他们想看的，儿女读的不是他们所懂的，再说，江先生，一旦你有了老婆，而且茶室的女孩也许是你某个挚友的女儿，你去吗？”

“那……那干吗开？”

“江先生，那是给外地人享受的。”

“什么样的外地人？”

“比如，我……”刘清海说着突然暧昧地笑。

“我也是外地人，”江同进理直气壮地大声起来。“可是刘先生，我想我绝不会忘记我的职务和身份！”

“当然，当然，江先生，”刘清海一转头说，“享受两字有特殊意义。”

“什么特殊意义？”

“比如里头某个女人和你有特殊关系，而且一开始照顾你便能把所有忘掉，这才是享受！”

“关系是以金钱和虚情假义维系着的！”

“也不尽然啦！”刘清海说，“也不尽然……”

最后他们两人都走到小巷的尽头，刘清海喃喃地说着，忽然转身面对着整排沉睡着的屋宇。

“把他们交给你啰！”刘清海说，“我和他们相处了十几年啦……”

“直觉上这是一条问题重重的巷子。”江同进冷冷地说。

“十几年来这条巷子的问题却一直没解决……”刘清海说着伸手拍拍江同进的肩，“拜托你，好好照顾他们……”

“你所谓的照顾是明知他们赌博，却硬说他们下棋？”

刘清海偏过头看他，脸上突现一抹凄凉的悲意。

“也许防止一个人犯罪比逮捕一个犯法的人来得有意义，而且，更不幸地，如果明知一个人已犯了法而无法逮捕他会使一个人罪孽愈深……”

“比如说呢，你的哑谜我一直没弄懂……”

“给他们小赌的机会，是避免他们上职业赌场消极的方法。”

“难道，这镇上有职业赌场吗？”江同进问。

“有。”

“你知道，怎么不行动？”

“理由我已经说过了！”

“其实，”江同进说，“这条巷子的赌都没根绝，谈取缔赌场的确是奢想啦！”

“我曾经根绝过。”

“可是……”

“他们却都跑到职业赌场去，”刘清海说，“于是一个月期间一个男人被杀死、一个女人闹上吊，我便不取缔了！”

“笑话，”江同进不禁冷笑起来，“难道就容那职业赌场继续存在？”

“你知道职业赌场是谁开的吗？”

“谁？”

“徐大鼻。”

“他？我见过，刚来那天是他开车子到火车站接我的，他说是老板的老友……”江同进忽然暴出笑声来，“哈，刘先生，难道你已经知道检举你受贿、包庇这巷子赌博的人是谁？”

“不想知道，可是知道了！”

“所以，你就扔个帽子给他？”

“你是这样想的吗？”刘清海问。

“不是吗？”

“你这样想的话就好了，”刘清海指指江同进胸前的阶级标志，“它会有所起伏！”

“你这种观念很陈腐，刘先生。”

“的确是，江先生，”刘清海，“只是希望你能好好照顾他们就好……”

江同进望着他沉默了一会，天上微云飘散，月光冷冷地轻洒着，他注意到巷中仍有一方窗户灯火通明。

“你跟他们混得很亲密？”江同进悄悄地往灯光处走去，一边回过头问。

“少说，也相处了十来年啦！”

“相处十几年再拿他们的红包，你不会觉得很冷血？”江同进愈发尖锐地说。

“说红包是很残忍的事，真的，江先生，”刘清海忽然焦急地拉着江同进的手臂，“你千万不能这么说，要说，你只能说是他们送给我太太的……”

“哈——”江同进鄙夷地瞪了他一眼笑了起来，“那还不是一样！”

“不同的，江先生。”刘清海说。

江同进在亮着灯的窗口站定，小心地倾听着，里头有低沉的谈话声，和数钞票的声音，江同进整个眼睛突然亮了起来，他拉着刘清海闪到窗边暗处。

“里头有数钞票的声音！”江同进低声却兴奋地说。

“数钞票？”

“我听见了！”江同进问，“户长叫什么名字，有没有赌博前科？”

“户长叫刘清海，”刘清海说，“没有前科！”

“你家住这儿？”江同进猜疑地问着，突然恍然大悟似地笑了起来，“刘先生，过几天你便离开了，也许可以放你这一马……哈哈……刘先生，我总算弄懂你一连串的哑谜，原来，哈……你自己在这巷子里开赌场！”

“乱讲！”刘清海忽然激动起来。

“敢不敢让我进去抓！”江同进问。

“你没资格无证无据乱闯民房！”刘清海说。

“就知道你不敢！”江同进逼道。

“这么说，”刘清海伸了伸手，“你进去吧！”

江同进白了他一眼，转身用力踢开门扉，轰然一响。

“别吓着孩子——”刘清海吼道。

巷子里忽然响起碎碎的声音，灯一盏接一盏黄黄白白地亮了起来。

江同进楞在门口一脸苍白。

屋里灯光的确亮着，当门处一座棺木泛着凄冷的亮光，棺木前三个着粗麻孝服的幼小的孩子被惊吓地全站立起来，小木桌前抖落一大堆冥纸。

刘清海随后冲进抓着江同进的领子，用力地将他整个人朝自己面前揪，江同进清晰地看见他太阳穴怒涨的青筋和泛着泪水的眼眶：“我说过要你别吓着孩子！”

“我说过的——”刘清海大叫，狠狠地揪着。

“爸爸——”孩子们惊吼道。

“海仔——”邻居冲了进来，用力拉开他。

刘清海放开手默然呆立，室内一遍死寂。好久之后，清海才眨眨眼睛转过身，点了线香，走到江同进的面前说：“对不起，江先生，我只是怕你吓着孩子，他们都还小……如果，如果你不嫌弃，请你见见我的女人！”

刘清海指指棺木，江同进愣愣地靠近举香行礼。

“她一星期前子宫癌死了……”刘清海说，“日日念着我念着孩子，而孩子才一个个抽长，她就走了！”

“爸爸！”旁边的男孩拿着一方中间裹着白花纸的毛巾怯怯地问：“大猫叔的名字就叫连大猫？”

“对不起，刘先生……”江同进说。

“三八团子，大猫是绰号，”刘清海拍拍他的头说，“他叫连碧东……”

“对不起，刘先生。”

“真是不好，登记邻居给她奠仪的簿子被徐大鼻拿去当红包的证据，害得这孩子连名字都没地方抄，只好一个一个想……”刘清海喃喃地说。

“我……我对不起，刘先生。”

“江先生，一个茶室女人能给我这几个孩子，有什么不好……”

“海仔，”邻人说，“叫孩子去睡，棺我来守，你不是还得巡夜吗？”

刘清海拿着帽子朝江同进看了一阵，才说：“最后一次巡这地方的夜，该巡完它……”

“海哥，”江同进说，“你……”

“请你好好照顾他们，他们想不出什么深远的名堂来，就如我一般，”刘清海指指那逐渐围拢上门的邻人，“我走了以后，一切拜托……”

说着，刘清海便猛低下头拨开众人又踏进巷子里去。

叁

是的，哈姆雷特先生

“I、N、T、E、R、N、A……”黄昏，几个白衫蓝裤瘦小且肤色赤褐的国中生，指着多彩变幻的天空中那列巨大的厂招兴奋且得意地念和着。

“哇，这个字看不懂咧，老师没教，不过，你们看，那括弧括起来的字我懂！”

“你又——懂了？”

“废话，TAIWAN，ㄊㄞㄨㄢ，我们台湾嘛！怎么不懂？笨蛋，猪八戒怎么死的你知道吗？和你一样，笨死的。”

随着，那一堆人便纠缠在一起打斗笑骂起来，未褪尽童音的笑声嘎嘎地穿过紧闭的铝窗，流进这幢崭新地矗立在一遍嫩绿稻浪中的建筑物的三楼，清晰地传入正静候着哈姆雷特先生点烟说话的爱伯特杨的耳膜。

这间办公室的冷气比起外头的似乎要低下几度，加上一系列冷色调的装饰，使得他不禁连打了好几个寒颤。

“My Son，”哈姆雷特先生晃熄了火柴，咬着烟斗含混地说：“三个月啦，我们的重点工作一直毫无进展，凭你的工作才能，我想，所能带给大家的成就当不止如此吧？嗯？”

“不止的，先生。”爱伯特杨说。

“上帝——三——个——月，”他站了起来，以因之成名的夸张之至的戏剧性动作，一脸痛苦不堪的表情哀哀地叫道，“三——个——月，够我们美国人来回月球数千趟了！”

“是的，先生。”

“Land，Girls，”他趋向爱伯特杨的跟前，把一股浓腻的烟草香喷得爱伯特杨一头一脸，恳求般地说，“我所要的仅是这些，仅仅是这些罢了！”

“是的，先生。”爱伯特杨稍向后靠，避开那面大脸，但眼前仍清晰地看见他金黄色一根根七倒八歪的浓眉，一脸蚂蚁洞般的毛孔，甚至那淡蓝色的瞳孔中自己微小的影像，“我知道，先生。”

“My Son，”隔了好久，哈姆雷特才缓缓地站了起来，把烟斗放回桌面那具精致的古铜色的架子上，如抚慰一个受伤的孩子般地把一双大手放在爱伯特杨的肩上，表情一变，温文又慈祥地揉着爱伯特的肩胛，带着沙哑的声音喃喃道，“你既有的努力我已目睹，爱伯特 My Son，尤其自设厂以来，你给我的协助是很了不起的，但是……但是，就如同父亲们对一个好孩子的期许般，你若能更努力，更有成就，我会更欣慰的。”

“是的先生，我定尽力而为。”

“我相信你会的，好孩子，”他说，“土地、女孩，就这些罢了。有土地我们可以增建更好的宿舍和休闲场所给我那些可爱的女孩子们，有女孩我们的公司就能有更好业绩，不是吗？嗯？”

“是的，的确是的，先生。”

说完，哈姆雷特踱到窗边撩开白色的细纱窗帘，屋里洁净的壁面刹那间亮丽了起来。他凝视着窗外被风翻腾的稻浪，脸上似乎也映出那一片广阔无际的嫩绿。

“爱伯特，My Son。”

“是的，先生。”

“你若更努力，也许我们便能为你们的人创造更多的工作机会，而使这片土地更繁荣呢！”

“是的先生。”

“嘿，瞧，嘿，你瞧！”突然哈姆雷特如小孩般兴奋起来，他指着窗外惊叹着，爱伯特杨惊慌地迎上前去，随着他白皙多毛的手臂望去，他看到西天上一抹极其艳丽的斜阳，而稻田无尽地朝那头延伸而去，交杂的叶隙下那浅浅的水底亦是一遍璀璨的彩霞，远远的田中小路上，农夫赶着两条小牛正静谧地、安详地从天地溶合处缓缓移过，飘忽的黑色身影便这么悠然地溶入那片殷红柔美的暮色中。

“喔——，我喜欢它，我喜欢它！嘿，爱伯特，你知道吗？我多爱这土地，还有，天啊，这美极了的日落，啊，真是美极了，它令我想起我的德克萨斯，爱伯特你知道吗？”

“是的，先生，我也爱它。”

“是吗？爱伯特，是吗？好孩子，”哈姆雷特雀跃地拍抚着爱伯特杨的背：“好孩子，努力些，让我们的房子向那头延伸去好吗？让我们更接近日落！嗯？你以为呢？啊！它多美啊……我的德克萨斯。”

“先生，”爱伯特杨沉默了一下，仅那么一刹，便接着说，“是的，先生。”

“我知道你行的，爱伯特，”哈姆雷特忽然竟哀伤起来，“我需要你的协助，无论如何，你知道的呀，这老牛仔真老了，这老牛仔需要帮助了！”

“不，先生。”爱伯特杨急忙站起来连连摇着手，“你一点都不老，你仍是一个健壮的牛仔，充满干劲且……”

“喔，不，不，爱伯特，老牛仔需要休息了，你看他不是一副疲态了吗？嗯？他已经累了近乎半年了，自开工那日起天天便是土地问题，女孩的问题，噢，天啊，他累了，他连心爱的高尔夫也没打几场了，无论如何他需要休息喽，好好地、彻底地放松一阵子，好孩子你说是吗？”

“这也是，先生，休息是需要的，你的确太忙碌了些，为了我们大家。”

“的确是，的确是的，爱伯特，所以我下周去日本开会顺便要休假啦，难得总公司那些有趣的家伙都来，何况，啊，这天气濑户内海是好地方哟，阳光，空气，呼——和湛蓝的海水，Sail on，Sail on old cow boy……啊，爱伯特好孩子，我去休假啦！”他这会儿却又兴致起来，抓起烟斗呼呼点着，雾般的轻烟袅袅上升，他偏过头伸出手轻按着爱伯特杨的肩：“答应我，爱伯特，在这期间好好照顾我们的公司，像囡囡一样地照顾它，好吗？爱伯特好孩子。”

“当然，先生。”

“好极了，我知道你会答应的，”他说，“还有，可怜可怜这老牛仔，别再让他烦心，在这期间你得把土地收购的事情办好，还有女孩，要她们都来，喔喔，坏孩子，你可别光挑那些漂亮的，我们都要，每个都要，知道吗？”

“一定的，先生，一定的。”爱伯特杨愣了一下，但最后还是这么说。

“好极了，爱伯特，我就知道你行，”哈姆雷特说，“你一定会同情老牛仔的。”

“是的，是的先生。”

“你可以走了现在，好孩子，跟你商讨是件很愉快的事情。”

“谢谢你，先生。”

爱伯特杨带上门出来时办公室里的人正准备下班，笑语和招呼声在走动或站立着的职员群中聒噪着。刹那间，刚由哈姆雷特的房间出来的冰冷的身子便被办公室内这股气氛解冻，甚至涌出一腔忍不住的烦躁，他把头抬起，皱着眉头四周扫视了一阵，抓着在一旁打算盘作功课的小妹便忍不住嚷了起来：“喂，公司是请你来念书的还是来工作的？嗯？职员都还没走，你却就弄起自己的事来啦？去叫罗勃陈先生来！”

小妹翘着嘴巴，把笔记、课本用力一推，推开椅子啪哒啪哒出去，职员们冷冷地回过头看看他，但也只一会儿便又开始游动且愈发嚣张地叫嚷起来，爱伯特杨只好作势用力拉开椅子，哗地一声，一边拿了笔倾着身子在备忘本上用力划上 Land，Girls 两个大字，而这下子办公室的人忽然就全静了下来，甚至还有人抢着归位，爱伯特杨突地便有一股得意的畅快。

“Good bye，我亲爱的孩子们！”而闷闷响起的竟是哈姆雷特那惯有的“下班信号”，无论任何情况，下班道别时总会抛过来的公式化般慈祥和蔼的假腔。

“Good bye，梅兹先生！”男男女女参参差差地回答。

“祝大家都有个美好的傍晚，”他说着拍拍抢着替他开门那人的背：“很美的日落啊！”

而那隔门一拢，所有人便理所当然地开始收拾东西了，穿衣、梳头、扑粉、推椅子、关抽屉……乱成一片。

“杨先生，陈先生来了，在跟哈姆……嗯，梅兹先生说话！”

爱伯特杨抬起头，看到的是小妹一脸委屈不堪的表情。

“好，没事了，你下班去吧！”他说。

“我才不敢！我还要清理办公室，”她负气地说，“公司是雇我来做事的！”

爱伯特杨站起来，想想真是气啦哭啦两不得，只好也如哈姆雷特惯有的动作，拍拍她的肩膀，正想堆起感情说些什么，没料小妹却拨掉他的手，瞧都不瞧他一眼便跑开。

“我他妈的到底有几个老板！”赶这时那门一把被用力拉开，罗勃陈披头散发地冲进来：“叫，叫，叫——”

“哈啰，菜头先生！”“哟，萝卜先生屁股着火啦！”

罗勃陈没理办公室里的调笑，直往爱伯特杨这头冲来。

“又干吗啦？躲在办公室里光叫，厂里怎不去帮着多照顾照顾？我他妈一个人要分成几份？”

爱伯特杨看着他，任他把火发完；大学同学四年，这火暴脾气他是了解的。罗勃陈果然哗啦哗啦地连什么“前方吃紧，你们这些坐冷气间的后方紧吃！”“前方全身流汗，后方满嘴流油”都全搬了出来，然后声音才逐渐降低下来，这时小妹刚打开窗子把残余的茶水泼掉，窗外有车子缓缓离去的声音，小孩子们哇哇地叫：“哈啰！USA，哈啰！”“估拜，USA，估的拜！”

“到底哪一门子事？”最后罗勃陈点上烟，拂拂头发疲惫不堪地问。

“我倒要先问你，鬼叫个什么屁？”

“他妈半路碰到哈姆雷特，Oh my Son！ Oh bad boy！”他装着哈姆雷特的腔调：“Son 个鬼，boy？他妈咧 boy，洋妞找来我照常让她生孩子！”

“他说什么？”

“他说……你还问我？女工啊！”他伸手指指备忘本上的字：“你不是备忘了吗？”

“我就找你问这件事，顺便商量其他的。”爱伯特杨说，“怎么样？市区的人事联络处有什么消息没？”

“有啊，带了二十几个来。”

“好啊，这下很有搞头吗？”爱伯特杨兴奋地说。

“搞头个屁！全走啦！”

“走？干吗走？我们这边待遇不是这附近所有工厂里头最高的吗？那次开会时，你不是说薪水幅度如比别人高一点就有搞头，我记得你还颇令人深思地说什么仅要求薪水的工人在自由世界已经很少了，我们无论如何要善用这一点不是吗？”

“还不是你们这些他妈坐办公室的人赶跑的！”

“谁管到那儿去了？”

“除了你，多哪！”罗勃陈把烟晃熄说：“中午人带来时刚好他妈的冷气不知怎地停摆了二十几分钟，介绍的时候已经有人在那儿叽叽喳喳的，我解释了半天才出到厂外，好啦，贵单位的一个家伙刚巧在那儿训电机工，口口声声老美老大知道要怎么办，又是什么人家不尽职什么把中国人那套旧德性带进新制度的工厂之类的，叽歪了半天，那电机工便吼了过去啦，说他是走狗，他就是看不惯他那种随时拿老美当神让人拜的嘴脸，最后他说‘薪水比别人高有什么用，这边的人宁愿少拿几块钱也不愿挨你这种没老二的人的官腔！’，然后，okey，二十几个全姑娘酒窝笑笑 say good bye 啦！”

他把双手一摊，肩膀一耸：“这就走啦！”

“总不会全走吧，哪会这样？”

“哈，偏偏人家是中国旧德性，重情重义，同进同出，你又怎样？”

“办公室那人是谁？”

“问这个有屁用，明天，哈，又得再征个电机人员了！”

“屋漏偏逢连夜雨，Shit，真是，”爱伯特杨突地烦躁起来：“好吧好吧，现在先把这屁事放一边，更棘手的事还有，对了，我记得你镇上不是有个地头蛇朋友吗？”

“记者朋友，他妈，什么地头蛇！”罗勃陈大声地说着笑了起来：“当兵认识的。”

“一样啦，反正……还熟吧？交情如何？”

“不错，金门上八三么时还买同一个号码的票，干吗问这？”

“土地的事。”

“妈的现在还土地，我真搞不懂你们这票坐办公桌的人的逻辑，搞屁嘛！要女工，怕宿舍不够，而到现在还在弄土地收购的事！”

“我怎晓得这些农地的主人全是一些民智未开化的家伙！”爱伯特杨忽然便激动起来，“我一个一个去找他们，一个个跟他们解释把土地脱手的好处，像谷价和物价的比例，卖了土地到镇上另购建筑地盖房子转手间的利润，弄了我两三个月，一个个还只是张了个傻鸟嘴，眨着牛眼朝我笑，妈的，化外的要死，想到这里我真不得不承认中国的现代化就是被这票人拖住脚步！”

“……”

“我也是一面为他们好，没什么道理不把土地卖了嘛！”

“也没什么道理要卖呀！”

“又为什么？凭那套理论？”

“化外的家伙有啥理论，哈，偏偏仍是中国的旧德性，你要怎样？”

“但赚钱这事就是白痴也会睁眼呀，要不然他们天天泡在水里头太阳下为了个屁？”

“但偏偏就有人不为钱而活，甚至活得愉快的要命，你问他为什么，他也讲不出来，但就是愉快，爽，你又怎样？”

“好——好——好，暂且不甩这，现在研究一下釜底抽薪的办法才重要！”

“你提起那记者，和这有关？”

爱伯特杨点点头，拿出纸笔于是便画将起来。

办公室里只留他们头顶上这盏灯，宽阔的室内除了冷气口微微的风声外便只有爱伯特杨间歇的兴奋的声音，这情况就如同大学时代的考试前夕，两个人漏夜待在交谊厅外的长廊上解高等微积分的题目般；题目再难，有道理秩序可循，情况总便愈发明净，最后总会有爱伯特杨一声得意的：“出来了，这不就是了吗？”

“然后，哈，这不就是了吗？”爱伯特杨把笔纸一抛，用力地往椅背一靠叫道：“搞不好，哈，我们还可趁机捞上一票呢！”

“行吗？”罗勃陈怀疑地问。

“又怎么不行啦？再不行也得试了再说。”

“我是说良心道义问题，我觉得……”

“你他妈怎不先想想自己？”爱伯特杨皱起眉双手握拳用力地打着椅子的扶手说。

罗勃陈看着他，又把那计划想了一遍。

爱伯特杨的意思是想叫那记者放出风声，说那片稻田正中将是条计划道路及其附属建筑预定地，不久便要征收了。记者消息始终灵通，他们的话人家容易相信，等农地的主人急了，公司这边才出面说早晚要卖不如卖给公司，公司给他们的价格保证比征收价格高。

当然人家会问，卖给你政府就不征收啦？这时便把老美抬出来，说政府鼓励外商投资，只要老美说句话那计划即可马上变更，那票傻蛋相信背景因素相信得要命，不怕他们怀疑，反正只要让他们认为说地不卖给公司终究还是会被征收、还是会被铲掉，那什么事便都解决了。

“我是说这简直是他妈的自己杀自己，愚民策略的滥用嘛！”

"那票货色原本就是笨，就是愚，你又怎样？"爱伯特杨说："想想看，老兄，大学生活是几百年前的故事啦，咱们现在没空搞什么民族自尊心的玩意，哈姆雷特逼得像王八蛋一样，再不好好弄，我怕退伍后那种长期失业的苦杯又有得端了。"

"那你所说的地头蛇要是不肯呢？"

"所以我才问你们的私交问题呀，要不然这样，干脆暗示他公司有搞头给他。"

"暗示？妈的，有搞头就明说反而好搞，现在这票做生意的年轻人早不流行暗示了，要么明说！"

"可以呀！那更妙，"爱伯特杨说，"省得拐弯抹角，对！年轻人就是这点妙，什么事都干脆。"

"我这会儿倒想，这哈姆雷特他妈的，当初怎不计划好，现在才在这儿烦。"

"什么没计划，人家资金早准备好了，也可怜他兴冲冲地把世界通用的那套拿到这儿来，谁知道偏偏碰到这票顽固的笨瓜！"

"是喔，是喔，这哈姆雷特……"罗勃陈拿起桌上的纸再看了看，摆出个姿势便念道："To be， or not to be？"

"不 be 不行了……"爱伯特杨又点起烟，"想想两年前的现在我们在干什么？他妈，干那票王八蛋中国家族式企业的

Sales，毫无制度，老板一大堆，天天挨刮，嫌东嫌西，一个月拿他几毛就得捧他的尿桶，妈的……”

“好吧，be 吧，”罗勃陈想了一阵用手指理理头发说，“be 就 be 吧！”

沉默了一阵，罗勃陈便向窗口走去，把窗户刷地拉开，而晚风便凉凉地流了进来，风中有甜甜的草香和泥土的气息，他把领带扯掉，沉沉地吸了一口气，望了望暮色中那零落的灯光，心底莫名地竟有一股很辛酸然而却说不上什么的感觉。

“最近作何消遣？”爱伯特杨穿起上衣，收着文件问。

“卖给公司了还有啥空闲？有空闲不外睡觉、乱逛、练古龙武功，或者在床上自卫战斗。”

“厂里那么多 Worker，怎么不找个玩玩？只要你上，哪一个不贴得你死死的！”

“没你那种桃花命，他妈全厂最俏的领班一下子就被您老兄弄走了。”

“去他妈什么弄不弄的，”爱伯特杨作态啐着，但仍一脸掩不住的得意，“两个寂寞的人，凑在一块儿互相利用罢了，谁又弄走谁啦？我看她正，她也许看上我哪点异禀，然后便苟合起来了，弄什么弄，我才没弄，连招式都没使上一招，想想整个过程一点刺激都没有。”

“嘘！”罗勃陈忽然压低声音，“你妈，讲话干净点，门口灯下站着的好像就是她，别让她听到了。”

“管那么多，来去由她，反正我啥也不损失。”

“她好像在等你呢，一直看这头。”

“是等我，她我了解得很，我晚下班她就急，愈急嘛，呵，就愈需要。”

“你别他妈臭美，看你这副排样，八成天人九衰，弄不好还是 impotence。”

“那要看对象是什么，面对歌星啦之类的名花名草也许自卑点，有那种可能，Worker？他妈，我还怕出不来呢！”

“快下去吧，她好像站得蛮久了。”

“让她多等一会儿。”

“干吗？表示你家伙大？”罗勃陈把窗户关了说，“我先走了，妈的快饿扁了。”

“好吧，交代的事切记速办，最好今晚就去找他，”爱伯特杨最后交代，“找管 Worker 玩玩吧，阴阳不调也不好，要不然我这管送你！”

一星期后，新闻记者的功能果然发挥了。

临近的市镇言论纷腾，到处传闻着计划道路的事，甚至有人连路线都给画了出来，绘影绘形地说这条新路即将成为一号高速公路的支线，穿过这镇上后刚好和原来省道衔接构成网络什么的……于是某些有识之士隐约地已在筹设旅馆、汽车餐厅和土产店之类的，计划得不亦乐乎。

但，令爱伯特杨失望的是眼见哈姆雷特即将回来，原定的进度表上召集地主开会“宣传”的日子都到了，这些真正的猎物却依然无动于衷；整个村子平静如常，那些人仍旧悠悠闲闲地日出而作，日入而息，什么表示都没有。

而无论如何，那会仍是开了。

当天夜里里民集会所灯火通明，墙上粉红骇绿的一堆标语“有钱出钱，有地出地，共谋经济发展”，“地尽其利，货畅其流，劳资合作促进工业起飞”等等；公司并且供应了可乐啦、饼干糖果之类的东西，摆满了长长的一桌；而当爱伯特杨和罗勃陈等一干人西装革履浩浩荡荡开进会场时，但见桌旁早围满了一群小孩正干得起劲，遍桌狼籍，而那些地主们却挤在一块，还在那儿讨论天气、种子和耕耘机的价钱等等。

最后爱伯特杨还是硬着头皮上去了：他一边很详细地分析着卖地之后可得利润和不卖的损失，一项项一条条相互比较着，一边也注意着场内的反应。令他稍觉安慰的是那些人都听得很专注，悠悠地吸着烟，搓着脚板，动也不动地注视着他。

这其中有几个爱伯特杨是见过的，尤其最前排那留着山羊胡子的老人印象最深。这会儿他亦安祥地听着，任那加了烟斗的香烟袅袅燃着，爱伯特杨一边说个不休，一边抽空看了看他，不知怎的便又想起那件着实无趣的事来。

工厂开工后，右侧有一块约莫八坪大的地一直空着，不久野草便慢慢地长满了。有一天下班时爱伯特杨无意间竟看到这老人腿上一大截泥浆未干，举着把锄头在那儿松土，一时本来想去干涉的，后来想了回头看看到底干什么也好，反正草是该除的，至少。而此后每天同一时分就看到那刚从田里回来的老人在干不同的活儿，这几天锄地，隔几天那地上便有了菜圃的模样，又几天后菜圃上出现了间隔有致的黑土圈，每个土圈里头都有一颗翠绿的，双子叶的什么苗；接着每个黄昏便看到那老人悠悠闲闲地抽着烟，拎个凹凹凸凸全变了形的水壶不怕麻烦地从老远的圳沟那头蹒蹒跚跚一壶一壶地提过水来往上头浇。没多久那苗便逐渐长大了，老人又不知从哪儿弄来一些竹子，一天架一点架了个棚子出来，那时爱伯特杨才知道，他老兄竟在那空地上种起丝瓜来了！

俟那丝瓜藤开满了黄花，招引了无数野蜂时，哈姆雷特的新别克刚好回来，于是便决定把那块地辟为车棚。当推土机很残酷地连棚带瓜一把铲掉时，爱伯特杨心里还作孽地想说，看吧，看你这老头搞些什么，没经过允许滥用别人土地便是这种下场！

他甚至还准备好当老人一见到这种情况发火时如何反击，就像小时候的印象里，违建户和拆除大队的队员们那种激烈口角的样子。

但事情总那么无趣！老人黄昏时见到这种情况，仍仅啪哒啪哒吸着烟，手脚并用地把那些残余的竹子聚成一堆，捆了捆一声不吭地走了，好像啥事都没发生一样。

爱伯特杨实在忍不住，便过去故意逗他说："把你瓜棚铲掉是没办法的事，你要知道……"

那老人竟一点火气也没有，甚至还红着脸连连鞠躬说："没关系啦，实在讲，也也……是失礼，这……本来是你们的地，我……我当初是看那块地空着可惜，就……随便种种，随便种些什么而已，反正……反正，空着可惜。"

边想着，边背诵般地，爱伯特杨于是流畅地把事先准备好的说词讲完。

场子里一片沉默，那些人仍只是诚恳地、和善地笑着。

"没有啦？没啦是不是？"一会儿，后面忽然有人站了起来问说，"啊！哭天，我还以为是康乐队要表演节目呢，没意思，回去睡觉啦，明天还得作息呢！"

那声音便把爱伯特杨残余的希望整个无情地击垮了，他的额头逐渐地冒出汗来。

"各位乡亲父老，"最后，爱伯特杨不得不改变讲词说，

“为你们分析这些事情纯粹是我们的一番诚意，你们要知道，在都市里要人家分析这些事情得付很多钱呐！我是觉得我们都是中国人，有钱赚总应该互相通报，对不对？现在我想知道各位意下如何？”

又沉默了一阵，里头才有人开口说：“你们的好意我们是了解的啦，也很感谢啦，但是，你也知道这冬稻都快抽穗了……”

“没问题，我们绝对补贴你们的损失！”爱伯特杨这一听整个人都活了过来，声音不禁拔高，“一定补贴，要知道如果征收的话，嘿嘿，恐怕不会有喔！”

“不是这问题啦，我是说，嗯，那整区稻一把都被开山机推掉，这样这样……啧，实在……实在……”

爱伯特杨实在弄不清怎么接下去，只好说：“那你的意思是……”

底下的人相互看看也没下文，只是竟都莫名其妙的傻笑起来。

“我们是这样想啦，这官厅也在三八，田地都开了路，要不然就都盖了工厂，那那……以后米怎么够吃？”

“这是政府的事啦，其实你们没种，其他地方仍有人种啦！”爱伯特杨说。

“不一样咧，哪有种田的人买别人的米吃呀？”“如果别人的田也盖工厂，我们以后吃什么呀？啃石头！讲疯话！”“田本来就是播谷子的嘛，干吗拿来盖房子？”“卖掉是很快啦，但就好像卖祖公仔肉，这千万不通！”忽然底下一下子都接起腔来。

“少年的，我想出一个好办法来啦，”后排有人哇地一声得意地叫了起来，“其实不必那么麻烦，你们既然要做好事，而我们都不想让那些田变成路或房子，那你们可以去骗官厅说，啊，说这块地你们要用，别让他们开路，然后你们就一年拖一年，他们一问你们就说要盖啰，要盖啰，这样，嘻，我们不是仍可播田吗？”

“有理有理有理，赞成，赞成，来来，大家鼓掌通过，通过！”底下这下子便哗地叫嚷起来，掌声雷鸣。

爱伯特杨整个脸突然地泛白，他无力地偏过头去，却见到罗勃陈也抹了把脸朝他苦笑。

“那意思是，你们不卖了？”最后他只好把整个都豁了出去。

那群人连忙点着头。

“没办法咧，只好等官厅做决定了嘛，而且要看你们够不够力，”有人安慰他似的说，“如果不行，只好到时当没米煮薯蕃汤啦！”

会散了，那留着山羊胡子的老人走到瘫痪在一旁的爱伯特杨的面前，令人哭笑不得地说：“你……你的口才实在好，罕见，实——在罕见，你如果去选议员一定高票当选！”

那夜里，也许想弥补这种窝囊透顶的挫折，爱伯特杨和罗勃陈两个碎心而绝望的人相偕在村里的饮食店边交互咒骂那些愚民，边毫无节制地猛灌起来。

当爱伯特杨顶着微微的凉风回到住处时，夜已很深了，夏虫寂寞地在田野交鸣，而他的门隙却露出微微的光。

他猛踢开门时，那正坐在桌前默默的翻着书页的女孩被吓得惊立起来。

“你……怎么了？”她惊恐地注视着衣衫零乱的爱伯特杨，愣一会儿才慌慌地迎了过来。

“你甭管！”他吼了一声，趁势便用力把她推倒在床上：“不用你来管，妈的，全是一堆白痴！”

于是那女孩便不再出声了，只是怔怔地望着他。屋里的大灯没开，远离书桌角落洒满苍苍凉凉的月光，而那女孩子的头却就刚好映在台灯惨白的光色下，使她长长的黑发覆盖下的小脸显得更加柔弱。爱伯特杨看着她那种惊悸、认命且无辜地不知所措的表情，突然竟有一股按捺不住的报复什么似的欲念。

急速地扯掉衣物后，带着浓烈的酒意，他连灯也不关便粗暴地占有她。

“满足了吗？嗯？笨蛋，你满足了吗？”整个过程他不停地这么吼着，如同摆布一只受伤的动物般，他恣意地翻来覆去地作弄她，“笨 Workers，笨，看你什么时候满足，他妈的！”

女孩几度忍受不住的呻吟非但没挡住他的肆虐，反而愈激起他的野兽般的狂乱，后来那女孩便不再挣扎了，她把头偏向窗口，紧咬着牙根，然后绝望地轻阖起眼睛，那一刹，她的脸颊映着月光闪动着两道缓缓滑落的泪水。

“笨 Workers，吻它！”隔了一阵，爱伯特杨忽然狞笑着翻起身，拖着女孩的头发，将她的头拼命地往自己的地方压去，“看到了嗯？那是满足你们的东西，吻它！”

“不——要！”女孩终于叫出声来，第一次，坚决地尖锐地叫了起来，瘦削的背随着急促的呼吸激烈地动着。

“不要！”女孩使劲地撑着床，企图把头抬起来。

“你敢？”爱伯特杨用力地把她的头发往后扯，于是那女孩的脸便苍白地上仰着，“你说不要？嗯？”

那女孩的眼泪顺着两颊无声地滚落，脸上于是便黏满一绺绺头发，紧抿着的嘴唇汩汩地渗出血来。

“那你以前怎不说不要？嗯？嗯？”他用力扯了扯她的头发，而那张毫无表情的脸便也随着前后地晃动，“告诉你，笨蛋，以后我偏不再满足你，你怎么样？”

“没有以后了，杨先生。”她轻轻地说。

"哈，你还是会来找我的，我他妈太了解你啦！"他说。

"放心，杨先生，请你放心。"

"贱透了，你们。"他吼着用力地推开她，她随即背过身去坐了起来，平静地穿着衣服。

"除了这般作弄我们，"沉默了一阵，她不禁抽起来，"杨先生，你又做了什么？"

"你们？你们是谁？"

"你不是说吗，Workers，是女工，不是吗？"

"你别在那儿清高，他妈，说穿了还不是相互满足罢了！"

"别自己满足了某种欲望时就以为别人也满足，杨先生，"她回过头竟凄然地笑，"你所谓的那种满足，老实说，我没有过，有时，你不会知道，杨先生，我是痛苦的。"

"你没满足过吗？嗯？没有吗？"他嘲讽般地问，"要不然你怎么自己妈的来找我？"

"也许，这便是你所谓的笨 Worker 吧，"她把外衣穿上，依然背对着他，最后她突然哭了起来，"她总以为这世界上除了欲望之外，当还有爱、奉献和关心。"

他缓缓地缩缩身子靠着床头，毫无意识地瞪着她的背。

"不过，请你放心杨先生，"她抓起皮包，轻轻地把门打开，"这个笨 Worker 既然把那些全给了你，她就不会后悔，只是……

只是失望，没有抱怨。”

门悄悄地拢上，那风凉凉地卷了进来，爱伯特杨望望自己的裸体竟觉得冷而且不自在起来，于是便慌慌地爬起熄了灯，且急急地把衣服穿了。

哈姆雷特即将回来的压力虽被台风过境延展了好几天，但无论如何，最后还是回来了。

当车子从台北机场直奔公司的途中，哈姆雷特似乎没注意到车外那遍地满目疮痍的惨状：暴风雨和豪雨的洗掠之后，市区内堆满树枝和损坏的市招等垃圾，街道上全是忙碌清理善后的人们，辛勤忘我地奔跑着。

车子一进入郊区，哈姆雷特便拉下车窗，贪婪地吸了一大口气。

“噢，甜美的空气啊！”他满足地笑着说，“爱伯特，是我远离这儿一段时间了呢，还是其他原因，我竟觉得这空气里带着好浓的香味呢！”

“是的，先生，你离开够久了，何况又拖了几天，”爱伯特杨说着，觉得鼻息间的确充满了台风过后那特有的断裂的树木和碎草的味道，“我们都想你。”

“喔，是吗？我也是，你不晓得我多待了这几天，光听到一些不愉快的事，我便愈想你们。”

“先生，你假期过的不好吗？”

“喔，假期好极了，只是这几天反正闲着，便到日本的工厂去看看，你无法了解那些家伙遭遇的困难，最近，那边的工人又闹季节性的罢工，要求调整待遇，生产线都停了，唉，那些坏孩子！”

“喔，真的吗？他们怎么可以这样呢？”爱伯特杨担着心仔细地回答每一句话。车子飞驰，路旁原本翠绿的稻田这下子全是浊浊的一泓积水，只偶而见到一丁点叶尖在微风中颤抖。

“说来我们的女孩是最好的，爱伯特，你知道吗？”他点起烟斗欣慰地说，“辛勤、听话、沉静、又不罢工。”

“她们也爱说话，先生，”爱伯特杨连忙接腔，“生产线上常发现她们趁机谈笑，我们正设法警告她们呢！”

“喔，爱伯特，你不懂的，她们谈的只是电影啦，衣裳啦，还有，哈哈，你们这些坏男孩而已，不是吗？”

“是的，先生，她们的确是谈这些。”

“那没关系，这反而可以增加她们的效率呢。”哈姆雷特拍拍他的肩说：“我说的多话是指过多的抗议及过多的要求，只要不是这些，聊天对我们来说不算多话，你了解我的意思吗？”

“是的，先生。”

“你们的人和日本那边的不同，爱伯特，你们平常讲，但必要时你们仍能……能……喔，能体贴我们而保持沉默，而他们相反，他们不懂体贴。”

“是的，先生。”

“我要更爱她们，那些可爱的宝贝，”哈姆雷特充满感情地说，“你也要，爱伯特，你要更爱她们，我将要求罗勃陈也爱她们。”

“是的，先生。”

接着哈姆雷特便兴高采烈地谈他的假期游乐，一直回到公司沿途对土地及女工的事仍丝毫不提，倒害得爱伯特杨一路牵肠挂肚。

进了办公室，所有的人便都起立鼓掌久久不歇，哈姆雷特一脸感动异常的表情，逐一握手称谢：“好孩子，好孩子，给我这么温暖的迎迓，真太惊喜了，好孩子。”

随后，他站在窗口望了望整个厂区，背着手思索着什么似的。所有人都缓缓地朝他那方靠拢。

“孩子们，告诉我，这四周的颜色是不是改变了一些？嗯？”他指着那片全部被水淹覆，甚至冲毁的田地皱着眉问。

“是台风造成的灾害，先生。”爱伯特杨连忙解释，“附近的溪流冲过来，把田都弄糟了。”

“喔，我了解，真糟，真糟，”哈姆雷特摇摇头说，“我爱绿色呢，对了，还有那和德克萨斯一般的落日，而现在都没有了，是吗？”

“会恢复的，梅兹先生。”罗勃陈闲闲地凑上一句。

“喔，那我将很高兴。……嘿！看！诸位！看！”哈姆雷特突然举起手指着窗外兴奋地叫：“看！ Human Chain，好长的 Human Chain！他们在忙什么呢？”

所有人都看到了，衬托着灰白天空的那片泥泞的土地上，村民们正老老少少排成长长的一列，迅速而沉默地传递着冲落到田里来的大小石块，他们立在齐膝的泥水中，不停地传递着，最后传到那几个瘦小的国中生手里，他们来去奔跑着，辛勤地把它搬到田边，整整齐齐地堆彻起来。

“我看过相似的图画呢，你们的人好久以前在我的国家兴建铁路时，那些华工也是这样排着搬运泥土，喔，让我想想看我是在哪儿见到的……喔，原谅我！我想不起来了，啊！真想不到几十年后我仍可活生生地见到同样的情景……喔，真壮观啊！”他说着指了指那几个穿白色内衣来回奔波着的小孩，“好可爱啊，他们，像极了在褐色泥沼上跳跃的小绵羊，像吗？嗯？”

“像极了，先生。”他们不约而同地说。

“水走了，他们认得出自己工地的界线吗？嗯？在我的德克萨斯，我们的牛只都得烙上自己的符号，难道说他们也在土地上烙印吗？哈、哈哈……”

“他们认得的，先生。”爱伯特杨说。

“也许，”罗勃陈把视线留在那长长的行列中，“也许他们闻得出自己滴落在土地上的汗味吧！”

“汗味？喔，大可爱了，”哈姆雷特说，“他们这样搬行吗？可能把石头清理完吗？”

“可以的先生，”罗勃陈朝他笑笑，“Old farmers never die！”

“唔，罗勃，好孩子，你该说 Old cowboy never die，不是吗？”而一说完，他便抹下笑容，严肃地问，“爱伯特，好孩子，老牛仔的烦恼你帮他去掉了吗？嗯？快告诉我，土地和女孩都怎么了？”

罗勃陈把头又转向远方，天空仍是灰扑扑的，细细的雨丝不停地飘落，那些人仍在泥浆里传递着，摸索着，就像一个充满孝心的儿子焦急地抚摸着疼痛的母亲问：“娘，你哪儿不舒服？”

但也不像，罗勃陈想，毕竟远远地仍听得到他们充满希望的笑声呢，啊！啊，那……那便是一个躺在母亲温暖的怀抱里的小孩，一边抚摸着母亲厚实的胸脯，感觉她隐隐的心跳声，一边吮吸着那温热的奶汁，然后满足地轻缓地动着。

但无论如何，那石头仍在众多的手里递着，一个接过一个，然后交到那些活泼跳跃着的孩子们的手里。

肆

病房

一

“喔，喔……啧啧啧……嘶——”最后明良终于忍不住地呻吟出声来，甚至，连眼泪都被那一阵突来的剧痛给逼出眼眶，他死命地握着拳头，紧咬着牙根，急促地喘着。

“快到了，快到了！”

“明良，应一声，快应我一声！”

他听到身边的人焦急且低沉地吼着，听到他们浸了水的胶鞋拍打着马路的交杂声响。

“嗯——”

“再应一声，明良，忍一些。”

"嗯——"他勉强地睁开眼睛，没想到阳光却如针尖般直刺了过来。

四月初的第一个大晴天，小街两侧暗灰色的屋宇阁楼到处伸出厚重的冬衣和大花大朵的棉被，那艳艳的色彩随着脚步的移动缓缓地从明良的额头流过，而当他难忍地阖上眼皮时，网膜上却仍是那一大片鲜红。

"血……还，喔——，嘶……还流吗？"明良问着，他感觉到赤裸的上身隔着一层淡淡的煤屑和某人润湿的肌肉紧紧地磨擦着，也感觉到自己的短内裤早被挤压得直皱缩到胯下，也许连家伙都荡了出来，下裆出奇地温热。是经过暗街仔了吧，鼻端有杂货铺南北货陈腐的味道。

"谁去告诉娥仔一声，"明良感觉出谁的手正拉着他的裤头盖起自己的私处，那人说，"她心脏不好，别说得太严重。"

耳边有街旁人们压低嗓子的交谈声和叹息声，之后，有人快步地跑离了。

"兴仔……喔……"明良短促地喘着。

"快到了。"

"我如果……孩子千万帮娥仔顾着……"

"干你娘，你心情好？我才不管你去死！"那人大声地吼道，"干你娘。"

“兴仔……”

没有人答腔，有人换手托住他的腰，不久，额顶觉得阴凉多了，他闻到那股浓腻地令人消沉的消毒药水的味道。

“小姐——”有人喊道。

“哎哟——这怎么弄伤的，糟糕，”女声尖尖地叫道，“你们谁去挂个号，劳保单呢，带了吗，去挂号！”

“没有啦，月底一起补给你可以吧，跑不了的。”

“哎哟——，”那女声又叫，“都看得见骨头了！”

明良觉得背部一阵冰凉，而一等那些人的手从腰际抽离时，胸腹交界处那一阵筋肉撕裂般的疼痛逼得他没命地惨叫了一声，身子猛一惊颤，床车嘎地一阵响。

“啊——”

“还没碰你的伤口嘛，神经感觉，真是。”

“小姐，有内伤，一定有内伤，你不晓得，那石头大约五六百斤，这样，你看，就像这种姿势压着的，你不知道，天公有烧香有保佑，那一刹要不是他恰好一转身，完了，头都烂了。”

“现在……”那女声斟酌，迟疑着。

“照电光，胸部一定要照。”

“注血啦，流那么多血。”

“腿也得照，怕骨头都碎了。”

“别让他昏过去，我一路都怕这一点，我一直逼他醒着。”

人群嗡嗡着，明良觉得胸腹处那阵疼痛像触电般地直贯脑心，而腿，腿在哪里？他慌慌地觉得：那腿不见了！

“良仔——良仔——”门外突然响起一阵带着哭声和惊悸的呼声，“良仔——”

“娥仔！”有人迎了上去，“不要紧的，不要紧的！”

明良勉强撑开眼睛，他看到娥仔戴着斗笠，沾满汗水泪水和工地水泥渍的脸孔紧紧地靠了过来。

“良仔——”她轻叫着，明良感觉到那直扑到鼻端的热气，“怎样？怎样？哪里疼，嗯？哪里疼？”

明良瞪着她的脸，他清晰地看到她脸孔沉沉的黑斑和粗粗的毛孔，紧贴着颧骨的面颊没有一点血色，而红红的眼眶旁，那几道皱纹便浓浓地直划到鬓边去了。

“你听到我的声音吗？”娥仔终于哭了，压制着颤动的嘴唇却让眼泪流着，喃喃地问，“嗯？”

明良急急地摇摇头。

“小姐——”有人喊道，“叫医生来呀！”

“医生今天不在啦！”

娥仔这会才哇地哭出声来。

“谁把娥仔扶到一边去，”有人说，“小姐，那总该想个办法啊，伤口，止血，还是注血，还是电光……”

“我不会，你会？”那护士终于吼开，“电光坏了七八天，台北的技师一直赶不来，我照，照什么！”

“干你娘咧，你针头搞不好还没消毒，棉花红药水还在西药房，”有人激动地叫骂起来，“血，我们有啦！干你娘！”

“你骂谁，你说，我去叫警察！”护士叫道，“你骂谁！”

“小姐——”娥仔哀哀地恳求道。

“我不管了，我凭什么在这儿挨骂？”

“我求你，小姐，”娥仔焦急地砰地一声跪了下来，喃喃地说着朝护士的腿边爬去，那裹着的深蓝色卫生衣沾满尘埃，布着汗圈的背部不停地起伏着，她狂乱地叩着头，那声音在顿然死寂的人群的脚下凄凉地响着，“你好心，拜托一下，拜托，我做牛做马都……”

“他不会怎样啦，”护士的声音这才稍稍平稳下来，“再严重的我都看过了！”

“小姐，你有没有听过小疔仔也会要人命，人扔在这边，自己会好，骗鬼！”那人又叫。

“医生不在，我有什么办法，我又不是医生！”

“那现在到底要怎样，你懂你说呀！干……”

“兴仔！”旁人焦急地拉开他。

“我怎么知道，会这么严重！”护士似乎思索着什么，喃喃地说。

“小姐，请你千万原谅啦，明良他不是故意的……”娥仔依然跪着，抬起头，泪眼望着护士，撑着笑脸解释说。

“现在先处理伤口好吧，”护士抱着胸想了一阵说，“可是……可是要缝那么多针，啊，对了，你们谁愿意跑一趟西药房？”

“买红药水，棉花？”兴仔又沉不住气说。

“好了啦，兴仔！”

“去请吉仔仙来帮一下，”护士说，“医生回台北家，也许傍晚才会来一趟。”

“我去，”兴仔粗沉地说，“卫生所说吉仔仙是赤脚仔密医，这下子他可升级了，干！”

二

原本寂静无聊的病房午后，这天却被明良左邻右舍蜂拥而至的妇人们挤得水泄不通，原本已嫌黝暗狭窄的室内于是便更显得聒噪嘈杂，木头地板随着来去的脚步窸窸窣窣乒乒乓乓地响着，议论声、询问声，交杂着女人惯有的长嘘短叹的腔调，嗡嗡地响成一片。

十二张成非字形排开的病床上，约莫有六七个伤患，似乎难得遇到这么热闹的时候，或坐或卧地全睁大了眼睛朝明良这头望着。

床侧那张破旧的柜子上早堆满了杨桃、柳橙之类的水果，甚至还有一袋子雪白的甘蔗和一条烟。

“他们有没有开一些顾内脏的伤药？”有人问道。

“没有，没有开药，”娥仔拧着毛巾热敷着明良的手腕，“伤口缝好后，就一直吊这种大筒的针，刚刚针头歪了我不知道，结果你看，他的手臂都涨了起来。”

“这怎么可以，这怎么可以！”

“医生不在，她们说不敢开药。”

“啊，你们不晓得啦，”近门处那张床上的人开口说，“住院千万别挑礼拜六，人都难找！”

“对啊，今天是礼拜六呢！”女人恍然大悟地说。

“我也没想到，”娥仔说，“我们天天只知道做工，哪晓得礼拜几，礼拜几还不是一样。”

“明良，你现在觉得怎样？”女人轻声地探询着。

“脚一点知觉也没有，”明良虚弱地说，“呼吸的时候，喔——，就像这样，稍一用力，整个内脏便像要裂开一样，还有，头很晕，一直想睡。”

“失血啦，夭寿，暗街仔边听说还看得见你滴下来的血迹呢！”女人说着忽然压低声音问道，“护士现在不会上来吧？”

“都在午休，我刚去叫她们来拔针头还打扰了她们呢！”娥仔说，“有什么事？”

“那最好，我怕她们看见了会骂，”那女人说着从口袋里掏出了一小瓶东西，“这是我家那个短命的从基隆码头带回来的。”

“什么药？”

“云南白药，正装的，我是想医院既然没有开药，自己的身体还是要自己顾，虽然说粗菜粗饭过日子的人命韧，倒不了，但就怕万一内伤拖久了麻烦大，这正装白药好咧，人家说鸡头剁下来，涂点白药接上去绑块布，清晨它还是照常喔喔啼呢，它专治生伤内伤的！”

“这是真的，”隔床的人一听忙接腔说，“如果是正牌的的确神效，不过里头那颗红色的千万别吃，那是药王，吃了以后有了伤再吃仙丹也没用啦！”

“对，对，我那短命的说过，”女人说，“娥仔，要不要趁现在护士没看见给他吃一点？”

“好是好，不过，”娥仔担忧地望了望明良低声地说，“它一定很贵……”

明良似乎了解娥仔的心意，望了望床边的女人后亦注视着她。

“你现在还给我说这些干吗，”女人语气一变责怪地说，“明良在我们那条巷子里谁不知道，红白事的酒席饭菜不都是他挺身出来一手办？巷顶人家喊一声，半夜打赤脚他也跑来，工没做钱没领不打紧，就怕自己没出力，这种人说真的打灯笼也找不到，好了，这会儿我们总算找到了一点回报的机会了，难道，连这你也要推？”

说着那女人白了夫妻俩一眼，便拆开封口动手倒水拿汤匙，明良和娥仔却依旧默默地互视着。

“人情自己想的，身体才是根本啦！”旁边有人插嘴劝道。

“世间哪有万日好的，朋友，邻居好来好去，能相聚还不是一个缘字，再说，这还不是你家明良平日待人如待己积来的？”

“是啊，吃啦，人家都拆了。”

“啊……实在……”娥仔最后只好扶直了明良，让他把白药吃了，“这……实在，唉。”她说着说着眼眶却不禁又红了起来。

“不要紧啦，娥仔。”女人轻轻地安慰道，伸手拍落她背部汗圈凝成的淡淡的盐渍，“不要紧啦。”

三

好不容易才把那些妇人送走之后，病房里瞬即又恢复到原本的寂寥。

逐渐西斜的阳光透过歪斜的百叶窗淡淡地洒了进来，映得整个油漆剥落、处处是渗水痕迹的墙面更显得苍凉残破，风哗地拂过窗棂，使得那一行从天花板长长地坠了下来的灯罩嘎嘎清响着。

娥仔看着明良逐渐沉沉睡去，自己才不觉打了个盹，却又被门口那只狗的几声狂吠叫醒了。

“死猫，去，死猫！”邻床的伤患瞪着天花板骂着，手砰砰地敲着床头柜。

明良一惊，全身一颤地也醒了过来，睁眼处那一格半边微微掉落的天花板上果真伸出了个猫头，两只冰冷晶莹的眼睛正朝着他狠狠地瞪着。

“死猫！”他不禁也附和地喊道。

而那猫被这一惊吓却翻身轻巧地跳了下来，像风一般踩过明良缠满绷带的腿，黑影一闪呜咽了一声便朝窗口蹿了出去。

“死猫！”明良猛地一颤，大声地吼着。

“踩到你了！”娥仔说。

“没有吧？”明良似问似答道。

“踩到了，我看到了！”娥仔探过身子去看他的腿。

“没有啦，放心，我一点感觉也没有！”明良说。

“可是……”娥仔说。

“真踩到了吗？”明良忽然惊悸地问，“你真的看到它踩到我的腿了？”

“不过，好像没有。”娥仔这时却又否认。

“我想……我想……”明良忽然颓丧起来，“它一定踩到了，床这么小，我的腿这么大，一定踩到了！”

“踩到了，”邻床的病人说，“那绷带上不是留下个脚印吗？”

娥仔正想说什么，而护士却在这时走了进来说，“吵什么，哩哩啰啰的。”

“一只死猫。”明良说。

“猫？”护士看了看悬挂着的食盐水，调整着滴速，“猫没见过，有什么好吵的！”

“小姐。”娥仔说。

“干什么？”

“你，那些拿一点去吃，不要客气。”娥仔指指床头柜上的水果。

“对，小姐，吃一点。”明良也说，“实在太麻烦你了。”

“那些东西不要堆在柜子上，放到底层去，这里，”护士说着拉开底层的活门，没想到哐啷啷地倒出一大堆米酒的瓶子，“要死了，这些职业病的，你看，他们怕我查结果都堆到别人的柜子里来了！”

“嘻……”邻床的伤患偏过头去偷偷地笑着。

“你笑，你笑，”护士指着他叫，“别以为我不知道，你还不是跟他们喝！”

“嘻……酒精消毒，好得快！”

“还笑，”护士问，“他们几个呢？”

“不知道。”

“一定又跑到谁家摸四色牌了，不知道？”

“知道还问！”

“管你们，不在也好，人家来检查在就好，反正，哼，管也管不住，待在这儿穷捣蛋，不在反而清闲！”

“小姐。”娥仔又叫。

“谢谢啦，我不吃，记得放到下面去，病房不是水果摊。”

“医生，”娥仔问，“他会来吗？”

“会吧？”护士摊摊手说，“我也不知道。”

“医生？很拼喔！”邻床的伤患等护士离开之后说，“周末呢！”

“不来，他到底要不要紧我们怎么知道？”娥仔问。

“这里医生有三个，真正有本领的才单单一个，除了他，那两个算了，我比他还行，”说着那人便坐了起来，指着自己的腿说，“你知不知道我躺了多久？三个月！”

娥仔注视着那人，但见他于思满脸，也许长期躺在室内，脸色干瘪蜡黄，而那头发更是蓬松杂乱，他抖着三根指头道：“我的腿是被坑内电车碰断的，结果那两个三流的帮我上了石膏，也不晓得他们是不是泥水匠出身的，反正拆了石膏之后，断的还是断的，后来还是头手的出面，重新再来过一次，伊娘，三个月，骨头都生水了！”

“我没上石膏！”明良说。

“你有外伤，我没有，”那人说，“你缝了几针？”

“不知道，吉仔仙缝的。”

“吉仔仙吗？”那人又吱吱笑了起来，“哼，哼，缝布袋出身的，外伤还马马虎虎，里头他连懂都不懂！”

那人见明良沉思不答便又说：“你知道，骨头的事情最麻烦！”

“喂。”明良望了望娥仔又望了望那人。

“这里说真的，感冒啦，小外伤，职业病啦躺躺可以，其他的，也罢！像你这样，不是我吓你，你还年轻，万一身体留了个缺陷，以后日子麻烦更多，比如现在，你胸部还痛，脚呢连电光也没照，我实在，啧……”

“可是，医生晚上会来，他应该知道怎么安排吧？”娥仔迟疑地问。

“你们看吧，他如果来了，看你绷带包好了，大筒针吊着，至多只会四处摸摸，说‘没关系，没关系，好好休息，好好休息’而已，要是你说胸部痛，他便说‘我都没看到有什么不对，你怎么有这种感觉，唉，自己想的，自己想的啦！’”

“如果这样，真这样有什么万一没……查……出……来……”娥仔说着说着突地便哽咽起来。

“不——会——死——啦——，哭，干你娘！”明良突然发起火来，左手用力槌着床板，砰地一声，“自古以来在矿坑里受伤的又不止我一个，你怕什么？干，如果照你这样，你看，从顶双溪、牡丹坑、三貂岭、猴硐、瑞芳到四脚亭、暖暖、八堵全靠两间矿工医院，八堵那间又常常客满，那你算算，有多少矿工不敢入坑？哭，谁叫你前世做了什么坏事，这一世嫁给我！”

“我——”娥仔才想开口，却见明良突然伸手按着胸部脸孔又是一阵抽搐。

“我是说真的，”邻床的人又说，“我是说真的。”

“比较不疼了啦，”明良推开娥仔的手冷冷地瞪了她一眼，隔了一阵偏过头来看了看娥仔之后却说，“白药果真有效。”

娥仔听了也没说什么，只是慢慢地低下头，鼻翼不停地掀动着，最后终于忍不住嗯嗯地哭了声站起来想转身避开，明良拉住她的手，凝视着她手臂上残留的水泥灰好久好久：“晚了，回去煮饭吧，爸爸和孩子们都饿了，晚上得帮爸爸擦澡，你就留在家里别来了，爸问起就说我去帮人家办喜事，要是做完功课孩子们想来就让他们来。”

娥仔依旧低着头，末了也没说话，抬起手臂拉着衣袖揩揩眼泪，左右瞧了瞧，帮明良把薄被拉称了，仔细地放回了椅子后才朝门口走去，到门口却又回过头来朝明良这边望了望。

“回去吧！”明良说，而她果真便走了。

四

“女人，心软不打紧，忧愁更多！”邻床那人说。

“她特别是，”明良似乎思索着什么说，“你明知道，还要在她面前提东提西。”

“我……我是好意的。”

“我知道。”

“我只是想让你知道，躺医院不是好事，劳保只负责你药钱可付不起你全家的伙食，多躺一天你就多负一些债，就是身体好了出了院你还得拼死拼活，东扣西扣地到处还钱，你晓得赚一天吃一天的人还清这些债要多久？如果出了院身体没全好，那，哼，你再进医院人家还以为你躺成习惯了。况且，债越拖越大，越拖越久，还不起借不起，那时，甭说朋友，就连老婆都变了性子啦！”

明良似乎被这一番话给陷住了，望着窗外逐渐隐没的夕阳不禁茫然起来，是晚餐时刻了，空气中充满了煤烟和饭菜那种令人觉得孤单凄凉的味道。孩子们一定望着娥仔红红的眼眶和严肃的表情，一口一口战战兢兢地扒着饭吧，他想，那桌上会有什么呢？娥仔那种细心的人除了爸爸的私菜外，怕今晚起就连菜钱都缩起来了。

想着想着，忽然间那双腿呼地一阵短暂的剧痛令他整个下半身一阵抽搐，连床铺都被震得咔咔地一阵响。

“怎么样？”那人问。

“……”

“我刚刚还没说完，我是想劝你，像你这样在这儿躺着，怕到时候不但什么都没弄好，反而愈拖愈糟！”

“等医生来看了再说吧，要不然又能怎样？你……”明良突地闷哼一声，那腿伤又是一阵深入肺腑的剧痛。

“到基隆或台北的大病院去，”那人撑起身子说着，隔着床头柜探视着明良，映着外头淡淡的暮色，只见他的额头竟冒出了一颗颗冷汗，“长痛不如短痛，这样保险一点！”

“痛个屁！我痛！”明良忽然咬着牙逼出这几个字，而整个身子僵僵地挺了起来之后，倏地又重重地躺下床去，忍不住又闷哼了一声之后，却如发泄什么似地大叫，“讲好听，有什么用！去大医院，去台北，去基隆，放屁，我去，我太太去照顾我，好了，两个人都不做工，我爸爸半身不遂躺在床上谁照顾？小孩子谁照顾？他们吃什么？而且在都市没钱又怎样？我吃饭不要钱，我太太呢？讲笑话！还有难道你没听说等大病院的医生来看你就像等玉皇大帝下凡，如果一样是等，我宁愿在这里等也不要去外地等！”

“等是等，不过医生百百种，能等出一个贵人也不错，总比等出一个赤脚仔好多了，其实，只要懂得门路……”那人见明良仍不停地扭动着，迟疑地凝望着他心不在焉地说。

“你说送红包，好，我送多少，哈，干！十块他要不要？一百块他要不要？就算五百块他要不要？屁啦，他看都不看在眼里，可是五百块，我家可以买十天菜呢！干！啊，啊……”明良吼着，终于忍不住呻吟着。

“喂，你怎样？”那人这下子才慌了起来。

“我的脚……啊———阵一阵，喔——愈来愈密，痛，啊——像要裂开啦——”

“我帮你叫护士，”那人说着便招呼门边那个原本睡了而被明良的吼声惊醒的伤者说，“你喊一声。”

那人一听果真爬了起来，就跪在床尾朝门外吼道：“喂，护士小姐，上来一下好不好？新来的伤口在痛啦，还有，喂，晚饭什么时候才给吃？”

五

护士打完针后，那伤口果然平稳了些，剧痛消失了，但就如刚缝好上楼来时一般，半点知觉也没有。明良企图动动脚趾，但想着想着，整个下身的神经却如一团乱线，竟不晓得哪头通往哪头，连指使都难更甭说动了没有。这双腿，这双腿，干！他焦躁地闷想着，于是等工友上来收餐盘时，他的盘子上饭仍是饭，菜仍是菜。

“把他的鱼留给我，”邻床的那人掏了个空碗道，“你们的早餐，哼，干！”

那工友任他叫着，却理也不理地把所有餐盘，残羹剩饭一股脑地往大木桶扔进去，看都不看他一眼，一转身轰隆隆地推走了。

“干！雷公瞎了眼！”那人说着又喃喃不休地骂了一阵，明良听了听，不觉间眼皮便渐渐沉重起来。他一直想着腿，这双腿，这双腿……

……

“骨头没怎样，我摸得出来……缝了就好嘛，谁缝都一样，又不是女人破相，讲究细针，难道说要我割他的屁股肉来补？”

不知睡了多久，明良隐约地听到这段话。

“内伤是你们的话啦，你们怕的话那就去买瓶什么铁牛运功散、金宝灵这类的砖灰让他吞吞嘛，反正，我一点都不反对！”

明良勉强地强开眼睛，蒙眬映入眼帘却是一脸哀愁肃穆怔怔地注视着自己的孩子。

“不痛了吧？”那人走近床头，习惯性地摸摸明良的额头，翻翻他的下眼皮，“下午我不在……”

“是姜医师？”明良问着，声音中带着一丝兴奋。

“嗯。”医师点了点头，弯着食指剔了剔齿缝，“你睡，好好休息，好好休息。”

邻床的人跟明良扮了个鬼脸，作势用力地躺下床去。

“医生，你看，我的脚和胸部要不要照个电光？”明良问，“这样，比较保险一点？”

“你不知道机器坏掉啦？”医师反问道。

“知道是知道，不过，医生，我的胸部，这样，像这样，”明良深吸了一口气说，“会痛，这到底是怎样？还有，我的腿连一点感觉也没有……”

“胸部现在还痛？”

“是。”

“比起你刚扛过来时怎样？”医师问。

“好一些。”

“所以嘛！明天起来，什么事也没有啦？”

“那……”明良本想说：我吃了云南白药呢！可是却又畏惧着。

“那腿也一样，护士小姐不是说你方才痛得满床滚吗？会痛不就是你说的感觉吗？没感觉哪里会痛？”医生笑了笑说，“不会怎样啦！感觉啦，胸痛啦，全是你自己想的，多休息几天什么都好了，电光不能乱照，照多了，嘿嘿，不能生，断种呢！”

胸部的确不痛了些，可是我是吃了白药呀！腿如果和胸部一样，那腿可没吃白药，而你又不照电光，如果真有怎样，你养我？明良真想吼出来，可是终究没有。

“好好休息，嗯。”那医生又摸了摸明良的腿便转身走了。

明良本想说：“医生，我说的感觉便是这样，我看到你摸我，可是，我感觉不出你触摸！”

可是，他似乎绝望了，他只用力地咬着牙，把头偏向夜色沉沉的窗外。

“他就是你说的那个有本领的？”最后明良又回过头来问邻床那人道。

那人咧着嘴点了点头又摇了摇头。

“你别想那么远。”有人粗沉地说道。

“兴仔，你什么时侯来的？”明良这时才发现兴仔坐在床尾的椅子上，闷闷冷冷地抽着烟。

“刚刚，在暗街仔碰到孩子，一起过来。”

“那你说……”

“明天如果还是这样，再想办法。”

“还有什么办法。”

“再想吧，”兴仔说着从裤袋里摸出了个红包塞进他的枕下，“女人在家忙着，她说这给娥仔买菜。”

“兴仔。”明良叫。

兴仔朝孩子说：“晚上在这儿陪你爸爸，随便找张床睡，反正那些人不会回来，还有，多注意些。”

“兴仔。”明良又叫。

兴仔回头看了他一眼，吐了一口烟便兀自走了。

“功课做完了吗？”明良沉默地看着孩子，隔了好一会才问。

“做好了。”

“柜子底下有水果，拿去吃。”

孩子摇摇头。

“拿去！”明良大声地重复一次，随即却又低声说，“顺便拿一些请叔叔伯伯们吃，嗯，爸吃不下。”

孩子逐床分送了一些之后，挑一截甘蔗小口小口地很不是滋味地边注视着父亲边啃着。

“阿公怎样？”

“妈在替他洗澡。”

“你一定忘了拿尿壶让他小便！”明良说，“我在做工，你妈也在做工，你这么大了应该知道分担一些事……”

“我有。”孩子说着眼眶竟红了起来，“你们都不知道……妈妈晚上也这样说，结果……结果……”

“怎样？”

“结果……我和妹妹都挨打，我没关系，妹妹现在还在跪……”

“妈妈心情不好吧？”明良说，“……心情不好。”

孩子听了，机械地嚼着甘蔗，而那眼泪盈盈地从腮边不停地滚落下来。

“去洗洗手，睡觉吧！”明良最后告诉孩子说。

六

也许是傍晚那一阵酣睡，还是病房里那种沉闷、怪异的气氛作祟，明良躺了大半夜了，而却始终没有一点睡意。

外头早无半点人声了，就连远远的基隆河湍急的水声似乎都清晰可闻，于是窗下医院廊前那担卖面茶椪饼的蒸汽声便显得刺耳且凄凉，那么牵肠挂肚似地嘘嘘地响着。

明良听着听着不禁愈发烦躁起来。

那卖面茶的秘雕固定在那儿摆担子已有好几年历史了，因为医院就在公路局、火车站两条主要街道的交点上，夜里总有一些人下了车之后被那阵尖锐的声音吸引住，走过来瞧了瞧便顺便来上一碗面茶、一块椪饼的。

况且这条街上也只有医院的廊可以遮风避雨，虽说这样，但好几个冬夜明良晚归时远远地望着昏黄的矿石灯下那一阵濛濛的热气里的秘雕时，心里总有一股泛滥的怜悯。看他裹着旧呢大衣，竖着领子，倚在墙边等顾客，而任北风刮起他满头乱发，刮起他宽宽的裤脚而露出那截毫无生气、毫无人味的义肢时，全身总免不了一震，而觉得这世界刹那间是更冰冷了。

有一回明良在那儿喝着热腾腾的面茶时，听秘雕说，他的腿是在昔年那次大灾变里失去的。他说那回他那个坑道里只有他活着出来，也听他说保险领了出来之后，还了多少债，而等他装好义肢能推着摊子出来还得借钱去买货、买原料的事；他记得，他那时觉得自己真是奢侈，能坐在那儿，让这么一个人为他端面茶，递椪饼，还关心面茶够不够甜！所以，付账时，他就把整钞压在碗底，趁他弯下腰去洗碗时悄悄地、满怀伤感地赶紧走开。

而，现在呢？

是大夜班的护士出去喝茶吧，秘雕熟络的招呼声从窗下清晰地传了上来。

“很少见过你，你来多久啦？”秘雕掀开盖子，哐地一响，没多久连明良都闻到那股香味。

“两个多星期，啊，不要那么多糖！少一点，少，好！”

“你以前在哪里做？”

“台北。”那护士含糊地说。

“台北？怎么？被调差啦？”

“不是，我妈要我回来的，说离家近一点。”

“你住在这儿？”

“嗯，镇公所边。”

“对啦，回来好一点，生活费少一点，我也多一个主顾！”

“会喔！”

明良这时简直一点睡意也没有，于是便干脆望着天花板下那列灯出神，任窗下的对话一句句传了上来，在耳边响着。

“今天忙不忙？”

“还好，只进来了一个，上一班的交待说他伤口会疼，现在睡着了大概。”

“怎么？又是落磐压伤的？”

“嗯，腿，两只腿总共缝了三十几针。”

“骨头碍到了吗？”

“不晓得，电光机器坏了，医生晚上看了说大概不会，不过那个人说胸部呼吸时会疼。”

“我就知道，每一次啦，每一次，只要持续下个半个月雨，坑内水一多，多多少少总会有一件事故！”秘雕语气激动地说。

“为什么？”

“啊，亏你住在这里，这水一多，石头便容易松，你知道，现在煤矿愈挖愈深，成本愈来愈大，安全工作就不扎实了，坑木久不换，烂了朽了，石头一松一压，砰，像压老鼠喔！”

“成本大，就不要挖，进口嘛！”护士说。

“那你不就失业了！”

“怎么说？”

“矿工医院不就倒店了吗！”秘雕哈哈地笑了起来，“开玩笑的啦，不过人家真这么说喔，说澳洲进口的煤卡路里高，又便宜呢，不过……”

“对嘛，省得他们常常受伤！”

“不会每个人都受伤吧，可是真不采煤了，那可有几万人要饿肚子喽！”秘雕说，“鸡爪子没什么肉，又容易刺破嘴，可是有肉味，而且人家问吃什么，我可以堂皇地说吃鸡，就这样，就这样！”

“……”

“啊，你少年的不懂啦！”秘雕说，“对了，他叫什么名字？”

“姓宋，叫什么……对，宋明良！”

“过桥仔那个会办桌的？”

“大概是吧，我不太清楚。”

“啊！如果是他我待会可得上去看看，年尾有一次他来我这儿吃了一点东西，我忘了找钱给他呢！”秘雕说。

明良心里猛地一震。秘雕呀！你这个秘雕……

“你得好好看顾他，”秘雕说，“看在我的面子上，我一听谁的腿受伤，哈，我的心里就难过，就把他当成好朋友了！”

“同病相怜啦！”

“啊，对，你有学问，就是这样！”秘雕说着却又问，“这里，我是说这医院还好吧？”

“……”

“为什么？”

“我是说比起我在台北待过的那个医院，房子不说，设备不全，该有的没有，有的却又老又旧，一坏又拖好久，哪一天万一遇到大问题，真不敢想象！”

“嗯，房子的确旧了，日据时代盖到现在也没增建或翻修，别说什么，”秘雕说，“十几年前隔壁分局比它还小，人家分局你看，现在三层楼画红漆白气派的要死，而它还是它！”

“不过房子新也没用，医生少又都是兼差的，这才是问题。”护士说。

“唉，这也不能怪医生，我们这里太远了，人家肯兼已经不错了！”

“啊，你们就是这样啦，都为别人想，自己受灾殃，其实你们应该建议啊，像告诉议员啦什么的去说嘛！要不然，你看，就像你说的它还是它！”

“说？你认识字怎么不帮我们去说？”秘雕问。

“我？我是护士又不是矿工！”护士理直气壮地说。

“就是嘛！认识字的都不肯说了，我们想说也不知道怎么说！”秘雕道，“其实，别说议员，人家煤矿的老板都当了立法委员呢！他最清楚，如果他记得，有一天他也许会说吧？！就怕，嘿，和你一样的说法！”

“啊，反正总而言之，言而总之，你们要是台北人就好了啦！”

“怎么说？”

“一来台北大医院那么多，任你挑，而且一有什么不满意的他们就动嘴动笔，像你们，只会出坑、入坑，穷出力，而且还处处替别人着想，就拿宋明良来说，要是台北人，他早吵着要照电光，要告煤矿老板，要怎样怎样啰！……”护士说着似乎边放下碗边掏钱，叮叮当当响了一阵，“不过，以我来说，嘻，我还是喜欢这里！”

“喔，自己故乡嘛，看的都是自己人，当然好。”秘雕说。

“不但这样，而且，嘻，”护士带着笑声说，“在台北是病人管护士，这里是护士管病人！”

“病人管护士？”秘雕讶异地问。

明良这时整个人忽然间全振作了起来，脑子里连续地闪过了好多复杂的意念，于是就连那护士最后说了些什么他也不在意了。

他只是瞪着窗外默默地思忖着。映着斜斜的气窗，他清晰地看到儿子瘦削的身躯像一只虾子般弓在对面的床上，也许热吧，踢开了被子露出黑黑干干的两只腿，牙齿正磨得起劲，吱嗝吱嗝地响着。

他还小。明良想。然而他妹妹比他还小，而小弟比妹妹还小。

父亲歪着嘴，流着口涎也躺在床上，干瞪着死死的眼睛。他老了。

娥仔挑着沉重的沙石，一步一步登上竹梯，一落空摔下来了，从之字形的梯缝中，碰碰撞撞地直落地面!

呜——呜——嘘——嘘——面茶的蒸气尖锐地响着。

凄风苦雨中，那露出半截义肢的人独守着空空的担子，他的头从大翻领中伸了出来。

是……他瞪着窗面的自己。

于是，他坐了起来，像做了一番重大的决定似地吐了一口气，他四周望了一阵，随即掀开被子，把腿上的绷带完全打开!

这就是我要做的! 有人动嘴，有人动笔，有人只会出力，我动脑筋! 他想。

绷带启下后，他咬着牙把覆在上面的棉花、纱布全部掀掉，然后他看到了腿上那一条赤红的伤口，那缝线一横一横地交叉着，就像新年娥仔做的捆蹄——那从一只猪完整的躯体上剁下来的一小截——上端那一道缝线。

他想起了平日人家的传言——口水最毒!

于是他吐了一大口口水在掌心，用手指沾着，往伤口涂去。

他知道，口水加上病房内污浊的空气，明天，也许后天他的伤口那层皮肉会发炎发烂，也许会痛，但没有关系，皮肉容易治。我只要能证明骨头健全就好了! 他的确这么想着。

等他一切弄好躺了下来之后，他猛然发觉有一双冰冷恶毒的眼睛正狠狠地注意着他。

那只猫又从天花板的裂缝里伸出头来。

“死猫！”他叫道。

病房里的人微微骚动了一阵后又沉寂下来。

那蒸气声于是便更加凄厉地响着。

七

翌日中午过后，护士推着小车过来换药，才一打开绷带，掀起纱布时，整个脸忽然间全变了颜色。

“我的妈呀！”她放下托盘叫了声，望着明良。

“怎么了？”明良问。

“我问你，你是不是动过绷带？”护士问。

“没有！”

“你别骗我！我绑的我怎么不知道，这绷带明明动过嘛！”

“我说没有就没有！”明良作势大吼起来，“我自己的腿难道说不会自己照顾？我动它干吗？”

“好，你别凶，动没动没关系，这下子……哼！”护士望了明良又望了望伤口不禁沉吟起来。

“怎样？”明良问。

“怎样？整个都发炎了！”护士说，“天气也许有点关系，又闷又热……”

这么快？明良似乎有点意外，真会这么快？

“那，怎么办？”明良沉住气问。

“你问我，我问谁？”护士瞪着他说。

“我告你！”明良这时便放开嗓子大吼起来，“我要告你！”

“告我什么？”

“告你叫一个密医帮我弄伤口，结果弄得现在伤口恶化！第二，告你照顾不周，我说腿没知觉，腿痛，你硬说没关系！”

“那……那又不是我的关系！”护士也许料不到这个人竟会朝她这么大吼大叫起来，声音顿时低沉了不少。

“那我连医生一起告！”明良狠狠地叫嚷道。

“你……你怎么这么不讲理呢？”护士问。

“不讲理？你敢说我不讲理？我的腿被你们搞成这个样子，是谁不讲理？”明良说。

“那……那你要怎样嘛？”

“我不要再住在这里了，再住下去，我整双腿都会赔掉！你们得想办法帮我转院，我不要求台北基隆的医院，我只要到八堵就好，我要照电光，我要彻底检查！”明良嚷完，吁了一口气望着护士等着她的回答。

“这……这总要等我们联络一下，对不对？宋先生，转可以，如果八堵有空床，可是今天是礼拜天，无论如何总要等明天再说，对不对？”没想到那护士竟变得异常客气起来，“现在，我们先换药，好不好？”

换完药之后，明良躺在床上呆想了一阵，只听得楼下一片嘈杂，于是便又撑起身跟邻床的人说：“你们看，一大声，他们都急死了！”

没想到整个病房竟全是一对对冷漠的眼光。

“你说，对不对？”明良蓦地一惊，不觉心虚起来。

“是啊……是啊……可是……嘿……”邻床那人勉强地陪着笑，“可是，对吉仔仙来说，是不是太恩将仇报了一点？”

明良正想说些什么，没想到外头一阵嘶嚷，吉仔仙领头，护士随后，被一群焦急不堪的男女簇拥着挤进了病房。

“我不干！我凭什么冒命去干这种傻事！”吉仔仙走到明良床尾，朝那群人吼道，“我做好心，替人家缝伤口人家还要告我，叫我干第二次？白痴也不愿意！”

“可是人命关天啊，医生赶不来怎么办？”有人哀求似地说。

那护士这时便走了过来朝明良说：“宋先生，楼下又扛来了一个，和你一样是矿工，和你一样脚受伤，和你一样要缝，现在我们又要拜托吉仔仙，可是……”

“可是他要告我！”吉仔仙一脸怒容指着明良说，“等下我缝好了，搞不好又有一个人要告我！我算什么？我算什么？”

明良望着他们，脑里一片空白。

“那……那现在要怎样？”邻床那人看了明良一眼问道。

“我们想拜托宋先生不告医院，不告护士，这样才不会牵涉到吉仔仙，吉仔仙才肯缝……”一个满脸泪痕，挺着大肚子的瘦弱的女人挤到床前解释道。

“这，啊，这个原本就可以商量嘛！”邻床那人说。

“不——可——以——干！”明良突然用力地擂着床铺大叫，“不——可——以——，我要告！除非，除非……”

“哈，你们都听到啦？！”吉仔仙转过身朝他们说。

“宋先生——”护士叫。

“你，你这种人……”邻床那人摇着头说，“你这种人……”

“宋先生，我求你！”那怀孕的女人忽然直直地跪了下来，头叩着地面哽咽地求道，“我求你，我的男人的命完全在你的嘴里，我求你……”

明良闭着眼睛，使劲地摇着头，他记得昨天，就在昨天，娥仔也曾经这么求过别人。

吉仔仙弯下身去扶那女人。

“我跪着，我和肚子里的小孩都这样跪着求你，宋先生，我这样跪着，我不起来，除非你答应……”

“不要，不要，不要——”明良激动地叫着，人们看到他的头发整个飞散开来，他紧咬着嘴唇，那眼泪从洼陷的眼眶中流了出来。

“这种人——”邻床那人叫道。

“明良兄，好兄弟，”明良睁开眼，竟看到秘雕不知何时也挤了进来，拍着他的肩膀说，“看在朋友份上！”

“我不是你的朋友！”明良突然一阵惊悸，一把推开他又叫了起来。

“朋友——”秘雕踉跄地退了几步，被人扶稳了之后还是这么叫他。

“宋先生，我求你，我求你……”那女人捧着肚子，挣开吉仔仙的手，竟又砰地跪下来。

“不要，不要！”明良焦急地喊着。

“你这种人！”邻床那人举起床头柜上的玻璃杯朝地上摔去，那碎屑飞溅开来。

“那……那我们没办法！”护士摇摇头说。

“我求你——”那女人尖尖地呼嚷道。

“朋友——”秘雕苍老的声音沙哑地响着。

“你们不要，你们不要这样……”明良说。

“起来！”吉仔仙突然伸手拉起那女人，朝明良大嚷道，“起来，不要求这种畜牲！我缝！干！去关我也认了，干！让全镇上知道有这种畜牲！”

“宋先生……”女人泪眼望着明良最后又叫了一声。

“不用求他这种畜牲！”吉仔仙说着转身便走了。

众人回头望着明良，脸上都抹着鄙夷的神色。

“这种人！干！”邻床那人砰地一声用力地躺了下来。

“你们听我说，你们听我说！”明良朝那逐渐离去的人们喊着。

“你想说什么？”兴仔不知何时又坐在对面的床上闷抽着烟，听明良叫着把烟蒂往地上一扔靠了过来，“你还要说什么？”

明良注视着他，只见兴仔两眼怒睁，那牙根咬得腮边的肌肉全鼓了起来。

“你没话说了！”兴仔揪起明良又重重地把他朝墙壁推去，“就是说了，也没人听了，你知道吗？”

“兴仔！”明良无助地望着兴仔。

兴仔站起来，朝门外走去。

“兴仔！”明良叫。

兴仔连头也没回地走了。

“兴——仔——”明良大声地吼道。

那声音在病房里凄恻地回响着。

天花板上那只猫似乎也被惊动了，黑影一闪如鬼魅般飘忽地跃下。

只是它并没立即蹿出，它蹲在窗台下，似笑非笑地望了望明良，喵地长长地叫了一声之后，却幸灾乐祸似地扭动着软软的身躯，一步一步慢慢地踱开。

伍

白鹤展翅

檳榔專賣

清水仔先生在庙廊前那条乌黑油亮的长板凳上拨了一黄昏鸡眼，最后自己是愈发心虚起来。

说来也是十四暝了，尽管没有十五、六那等圆溜，但难得这么干干爽爽的天，是故那月娘倒也照得德惠宫外的远山近树都青蒙蒙地如同鸡啼时分；庙里，那顶棚上一整溜红红绿绿的纸扎花灯早已亮上了，而搭台上那些外地技师装配的电动花灯却还在做最后的试光和修葺：樊梨花移山倒海，张飞喝断当阳桥，岳母刺字精忠报国……一仙仙扎得如同揪他一把还会喊痛一般，甭说什么，就连干巴巴立在一旁的理事长就让人也觉得是灯中配角，一通电便会不知首尾地随着哗啦啦打转。可是，伊娘的这个理事长，清水仔又探头望了望庙里，心里不禁想着：

人家还没通电，他就整个黄昏转个不休，连找他参详参详的机会都没有……

也许那个外地技师只是个三流货色，那些电动花灯转不了倒叫理事长和庙里庙外所有的帮手奔窜个不停，一下子又是三十六心花线，一下子又是保险丝，一下子又是灯泡。看人这么忙着，而自己愣愣地坐在一旁，剥得满地老皮使清水仔觉得心虚。

末了，每逢那些人跑过他面前，看他一眼时，清水仔心里便毛毛地觉得那人明明是在骂说："坐！坐！也不会挪个身凑凑手脚，伊娘咧！"

"伊娘咧！"清水仔每一有这种感觉时，心里便喃喃地也骂了回去，"我也是好心好意跑来庙口供村里的头人使唤的，可是，你们理事长劈头就叫我别挡在里头碍手碍脚，我不坐在这儿，到哪儿去？理事长不要我，可是这庙偏是大家的啦，怎么样？看什么！伊娘咧！"

而，骂是骂了，不知怎地自己却更心虚起来，手上便更用力地撕着老脚板上那一层层毫无知觉的死肉。

"啊——"最后，就当清水仔用力剥下小指旁那个历史最久的鸡眼，整个脚板传来一阵透心的畅爽时，庙里突地强光一闪，大大小小高声地赞叹起来。

"着了！着了！"

“转了！转了！”

清水仔一愣，猛偏过头去，果真从龙柱的缝隙中看去，那樊梨花身旁的海水竟高高低低地开始起伏起来啦！那三流技师撑着腰，一脸了不得的神色，正向左右那些奔忙了一晚的人臭弹些什么。

清水仔掩不住好奇，伸脚找了一番拖鞋，正想装出一副神色自若的模样也进去瞧瞧时，没想到才一转身却见理事长昂着头正挡在庙门中。

“怎样？你也想看热闹啊？清水仔。”一望见清水仔龟龟缩缩的身影凑近，理事长便问。

“着了？”清水仔指指里头问。

“着了！”

“转了？”

“转了！”

清水仔左右伸着头，从理事长的肩上朝里头探了探，谄媚地说：“啊，好咧！”

“好？裤裆里啦，好！”没想到理事长却忽然提高声调嚷了回来，“整个暝尾躲在龙柱后，翘脚拈嘴须，你自己不摸着良心最少也学人家的样子，清水仔，不是我爱讲你喔，你这样清清闲闲地也跟人家站在那儿看热闹，自己难道不会不好意思？”

“我……”清水仔拿食指顶住自己心窝，刹那间讲不出半句话，而整个脸却顿时火热起来。

“就……就是啊……就是啊……”半空中忽然也传来七七八八的帮腔，清水仔抬头望去，却看到庙公歪嘴财正立在马椅上，拎着那盏百元大钞幸灾乐祸似地笑，一张歪嘴几乎咧到耳朵边去，而那口水便抽着长丝映着灯光亮晶晶地直拖到地面。

“啊，理事长，你这样讲就……”

“好啦，好啦，我现在没空跟你扯这个五四三的，你上去帮歪嘴财把这盏灯弄上去！”理事长等不得清水仔开口辩白便挥了挥手说，“把它挪到庙门中讨个好彩头，看村子里今年会不会财源滚滚来！”

清水仔一听，整个人便全活了过来，被冷落了一个晚上，这会儿被编派一个工作，至少也算出过力了！

何况待会儿，清水仔想，要跟他参详事情也方便些……

想到这儿，清水仔便甩掉拖鞋，急急忙忙地攀上马椅，拉着灯角上的铁丝钩住横梁。

“左角高一些！”理事长在底下说。

“歪嘴的，理事长说你那边高一些，拉一下！”清水仔附和着底下的声音说。

“再高！”理事长不耐烦地比了比。

“财仔！”清水仔不禁朝庙公说，“人家理事长在说，你也听一下嘛！”

“好！”理事长说。

“好了啊？”清水仔捏着铁丝尾愣了一下说，“这样可以吗？我这边看得出很恰当，财仔那边会不会低了些？”

理事长退了一步，观望了一阵果然说：“财仔，你那边再拉一下……好！捆紧！”

“对，这样可以了，”清水仔仰着头也看了看，一边绞着铁丝一边像说给谁听似地道，“从上面可以看出来，刚刚根本没弄正嘛，这个灯是在大门口，如果没摆正，啧，失礼面喔！财仔，绞紧，绞紧，要不然风一吹掉了下来，失了理事长的面子，我们是担待不起啊……”

“人……人走了啦！”歪嘴财忽然冷冷地说，“驶……驶伊……娘，做……做……奴才……还……还……扶卵泡！理……事长！理事……长……，你……你老爸……是不是……”

清水仔低头一瞧，理事长果然不知又转到哪儿去了，而歪嘴财倒一脸不屑地看着他。

“我……”清水仔刹那间整个人又冷了下去。只好干笑几声说，“我说的全是老实话！”

“老实？挑……屎……不不……会偷吃啦！”歪嘴财溜下

马椅，却仍恨恨地说，“你……你……一定……有有……什么阴谋！”

突然间，清水仔像被狠狠杀了一刀般，整个人轰然抽痛起来，于是随着也跳下马椅，拉着歪嘴财的领子，左右瞧了一下，才把他拖到侧门旁，压低了声音说：“伊娘咧，歪嘴仔，你讲话要有分寸，什么阴谋，驶伊娘，我不会抢你的位子啦，庙公，讲难听还不是村里人养的乞丐，伊娘咧，这边的人至少还是个人格者，你吃的米还有这边的人一份咧！”

“拜托咧……”歪嘴财伸手也反抓着清水仔的胸口说，“你……你有种就……就……大声一点！”

“大声就大声，还怕你不成？”

“全……全村子……只有……一……一个不要脸的……把丁……丁口钱……拖……拖……了两……两三个月，到……到……现在还不交……你……知不知……知道……那位……扶卵泡……扶的是谁？”

“这边的人……”清水仔一听，声音便愈低了下来，“这边的人是刚好不方便而已，以后我交一百倍，伊娘咧，就怕你这个众人乞丐歪哥，偷吃油香！”

“免……免讲这些……”歪嘴财似乎得理不饶人，扫掉清水仔的手后竟大吼道，“你……有……有胆就……就大声一点！”

清水仔茫然地望着直撞到他眼前的一张歪嘴，不知怎地竟几乎冒出眼泪来，他摇摇头四下无意地看了一阵，才强撑出笑容道：“啊，这边的人今天不理你这种生番！”

“你……大声………一……一点……”歪嘴财说着愈逼近了。

“生番！伊娘咧！”清水仔最后只好转身做势朝庙外走去，而里头歪嘴财却仍喃喃不休地骂着。

也许白天暖和了些，入夜来露水便重了，清水仔出来挨近了长板凳，抹了一把脸，伸手挪挪椅子，发觉上头早已黏黏潮潮的一片，于是便用力劈哩叭拉地拍干了，坐了下来，自言自语地道：“别理那个生番，干……”而偏偏却就想起从歪嘴里吐出来的“阴谋”两字。

阴谋？他想。

素卿今晚不知有没有起来吃？

阴谋？

理事长什么时候才能静下来？

这实在不是阴谋啦！歪嘴财，伊娘咧……

素卿这样一直躺着也不是办法……他啧了一声，茫然地想，歪嘴财竟说我有阴谋咧……

“清水仔！”当他想得不禁悲从中来，连眼前景物都朦胧颤动起来时，背后竟又是理事长的声息，“你，还坐啊？”

他，静下来啦！清水仔猛然站了起来，四周看了一遭，连忙伸手抹清视界。而且四周没半个人影！

“怎么？爱困啦？”

“没有啦，大家都忙着，我……”

“会这么想就好，我看你哈欠打得目屎油都冒出来了！”理事长说，“你肯来这儿，我知道你也是有心的……”

“有心的？”清水仔猛然又想起歪嘴财吐出来的“阴谋”。

“我是说诚意。”

“对，对。”清水仔又说，“理事长了解我的。”

“可是，你总要这么到处走走看看，看人家要什么手脚，总不能这样放外外，叫一样，做一样，做人不是这样的！”

“我知道，理事长，这个我了解……”清水仔急急地点着头，心里着实宽慰了好些，最后便抓住理事长的话尾说，“讲做人，至少我在村子里也住了三十几年了，多少村里大小事我没有一次不在场的，所以……所以……有事情也才敢来找你参详一下……”

“找我？”理事长问。

“正是啦，我一直等，一直等……”清水仔忽然觉得喉头酸酸地满了起来，正想着说，管他，直讲吧，素卿一直躺在床上也不是办法，而偏偏歪嘴财的那张歪嘴又从庙门冒了出来叫道：“理事长——，赶……赶紧进……进来一下！”

理事长回头应了他一声，跑了一两步，却又回头朝清水仔说："四处去看看吧，看哪边欠手脚就帮衬一下，有事等下再说……"

清水仔目视他走进亮晃晃的庙里，踌躇了几步，果真便往庙侧的甬道走去；那时，他非但不怪罪或怨恨歪嘴财突来的打岔，反而很欣慰地觉得理事长真是的，至少，他是能了解自己的！

"那款人，"他自言自语道，"嘴冰心热，其实头人都是这样，要不然，谁都叫不动！那款人，为了众人的事得罪众人，讲来也冤枉，啧……"

喃喃地才念进甬道的弯角，却已听得见庙后小埕上传来的年轻的笑闹声，时而更看得见由那头突起的一道道闪光，新近油漆过的庙墙在闪光处看来果真威势了不少。

"有钱万物新啊！"他不禁伸手摸摸那原先早已剥落不堪，而这几日却突地光滑起来的墙面，"有钱，啊，什么物件也变得出来啦！"

突然，他便立在墙角边想起了很多事来，他想到：只因为电视公司一句话说要来这里拍电影，人们就像邱罔舍一样地慷慨起来，修路、修庙，还弄了那么一大堆花灯、电动灯，连明日要出动的阵头所有的旗帜、衣饰都全部换新；那如果说，这个电视公司也肯在头人面前说，喂，我要到清水仔家拍电影，那，哈，他们一定想尽办法也让素卿能从床上好溜溜地走下来，对不对？

不过这是做尿床梦罢了，就是他们来，自己搞不好先跑去躲了，何况素卿她也不愿意，没有素卿在，那破厝栋还有什么鸟毛好拍的？

清水仔兀自摇摇头走着，笑闹声愈来愈响，小埕上今夜特地还树起了一些临时灯，由这头望去，连接着理事长住宅的那一大堵平日无人注意的灰墙竟也涂得一片艳红，映着临时的灯晃动的光线，墙面上便像影戏般反射着小埕里窜动的人影。

“实在粗，钱用得实在粗，”清水仔呆呆地瞪着那面墙，“这油漆如果能把它送给我……”

唉，你想到哪儿去了，这是庙呢，神保庇大家，难道说十几年油漆一次也过份！不敬！不敬！……

“不是啦，我是说，”清水仔骂了自己一阵，连忙细细地道，“如果我能暂时借用这笔钱，那，就是以后做牛做马抬轿、扛枷，我也甘愿！”

一直这么低头闷想着，才一踏进石拱门的门限，不料当面便是一道强光闪过，那光亮使得清水仔踉跄地退了几步后，惊愕地抬起头时，眼前仍是一片漆黑。

而里头的少年仔却趁势大笑起来。

“清水仔伯，笑一个五角！”

“再一张，再一张，看这里，笑一个，笑笑！”那帮少年恣意地喊道。

清水仔终于看清里头景况时，那端着相机的外地人正冷漠地调着上头的圈圈钮钮，若无其事地朝一旁走去。

虽然，少年们仍一边为摊在架子上的狮身、龙身和大仙尪，矮仔爷清尘补漆，一边叫道：“哇，清水伯这下子身份不同啰，上新闻啰！”“清水伯太‘烟’啦，所以记者才会照他啦！”……什么的，可是清水仔却只咧着嘴毫不在意，他睁大了眼睛，楞楞地望着那刷饰一新的狮头静静地出了神，隔了一阵子，少年们似乎也注意到他的异态，慢慢地沉寂下来，怔怔地望着正朝狮头缓缓走去的清水仔，连手上的工作都陆续停了。

清水仔在狮头前站定后，呆立了好一阵子，最后才颤微微地伸出手指，轻轻地拂动那狮头旁细细的流苏……

咚咚，锵，隆咚锵！

是谁又敲响了那面鼓？咦？

清水仔突地猛转过身来，左右搜寻着。

咚！隆咚锵！锵！

似乎被年少的记忆重重地击醒般，清水仔忽然一个马步刷地蹲下，双手凌空一架，就像抓住那威风凛凛的狮头般，刚劲地朝身后一个拖步，便在场中有板有眼地舞了起来，沉！顿！昂！摆！那双枯瘦的手朝向夜空有韵有律地舞着，跳！跃！旋！踢！

脚步落实，缓慢而有力地交换着。

少年们惊异地透过扬起的尘土注视着他，但见那一头苍苍的白发在灯下沉醉地晃荡着，当他们刹那间正视着清水仔猛昂起的头时，他们发觉那双眼睛竟闪动着一抹奇异的光彩。

外地人沉着地半蹲下来，举起相机对准那几乎忘我的老人。

咚！锵！

清水仔突然朝后跃身，一个筋斗凌空翻起。

咔嚓！强光闪过。

落地的刹那，老人左脚一个滑溜，人便直直地扑落。

咔嚓！

“不要——”清水仔竟怒叫起来，急急地想撑起身，但最后还是无力地又躺下去。

少年们这时才大梦初醒般地围了过去，一边赞叹着，一边七手八脚地扶起他来。

“清水伯，哇！功夫原在呢！”

“赞，清水伯，可惜那筋斗没翻成，要不然……”

“我……我……可以翻得成！”清水仔被撑了起来，扑扑身上的尘土，气喘不定地说：“那闪光刺了我的眼睛，要不然我可以，不信……不信……，我……我再来一次！”

“不要了啦，清水伯。”少年们说。

"不是闪光刺眼。"那外地人走了近来，将相机的皮套扣起，他说，"老伯，你老了！"

清水伯愣愣地朝他笑着，最后，就如解嘲般地推开少年，轻声问说："明天，狮头谁掌？"

场中几个精壮的少年半举着手。

"好好掌，不要失体面。"他说着背过身去，"要不然，有一天你们也会老，老了，就没机会啦！"

少年们狐疑地望着他朝石拱门颠跛地走去，而忽然清水仔却又回过头问道："有什么要我凑手脚的吗？"

少年们看着他沉默不语，而清水仔却也不待人家答腔便孤单地走出甬道。

庙外，那些帮手正踏着月色逐一归去，略偏的月光把他们的身影拖得一地都是。清水仔蹒跚地朝庙廊走去时，不料歪嘴财却正好拎起长板凳往庙里收去，清水仔看着他进了庙，刹那间倒手足无措起来，况且，刚刚那么一动，身子微微出了汗，夜风吹过，他抬头看了看天，竟觉得月光却是这般冷冽呢？

而，庆幸的是，理事长却在这时由中门跨出，一边端详着庙内的排场，一边倒退地也往庙埕中走来。

清水仔静静地不敢打扰他，而等他自言自语了一阵，又笑，又赞叹似地狠狠地击了一掌，最后甚至满意地微微地摇了摇头后，他才走上前，在他耳边唤道：“理事长！”

理事长猛转过头来，一脸惊愕叫道：“啊——，啊啊啊，怎么又是你——”

“理事长……”清水仔发觉他脸色不对，便问，“惊着了？”

“啊。夭寿，还好这是庙埕，要不然我会被你吓死，”理事长叫道，“清水仔，你今晚到底干什么，怎么阴魂不散——”

“理事长，失礼啦……”清水仔略弯了弯腰，堆起笑脸说着，而也许方才那一跤摔得重了，这一弯倒使腰椎处狠狠地抽痛起来。

“人都走了，你怎么不走？”理事长问，“等下电视公司的人就要来拍花灯了，他们不要旁观的人在，吵到他们不好……”

“我就走……”清水仔伸手按住腰部，仍撑着笑容，“不过，理事长方才答应我，和我参详一下……”

“喔……，我像是这么说过，”理事长说，“你快说吧，我还得进去安排一下……”

“是这样啦，”清水仔说着，而却愣了一阵子，舔了舔嘴唇才又接道，“理事长，这村子我也住过二三十年啦……”

“这个我知道，”理事长说着摸出香烟点着，“从我出世开始，人家就在等，说，啊，清水仔什么时候才娶老婆啊！结果，现在我儿子都上大学了，你还是没娶，你不生气吧，虽然现在嘿嘿，眠床上有另一个人，可是，嘿嘿……”

“这……这就好了，”清水仔说，“那你以前有没有看过我弄狮头？”

“狮头？看过！当然看过！”理事长道，“我记得——啊，就是庙后那仙嘛，当初我老爸献给德惠宫时，就是你在庙前要开的嘛！”

“对，对，理事长实在好记性！”清水仔看着理事长渐开的脸色，自己不禁也兴奋起来。“那时候，不是我自己在臭弹的，现在这班少年哪里比得上，弄也没弄出个规矩来。看热闹的人里头要是有一个内行的，哈，真会笑破人家的裤底喔！”

“啧，这是实在，可是，没人愿意学啊，何况，赚钱重要，谁愿意费时间？”

“是啦，这个我也知道，”清水仔斟酌了一下，便逐渐带入话意说，“听说，明天这电视台还要拍弄狮的场面？”

“何止拍弄狮！”理事长叶了一口烟道，“镇长交待，这花灯啦，游街啦，全部要拍，而且还要介绍村里的头人呢，我，啧，叫我跑腿弄场面我可以担待，要是拍我的话，啧，实在……”

“喔，那这弄狮可不能弄出差错哦，电视一播，人家电视台的人个个精得像鬼，一错，村里的面子往哪儿摆？”

“这时代，啊，别讲我们这里，哪里还不是一样，而且，你看，这庙，这灯，还有明天的阵头，还有他们说一我们就一，再挑剔我也没办法啦！”

“我是说，有办法……”

“什么办法？”理事长一愣，“你现在教？来不及啦！”

“不不……”清水仔忙摇了摇头，突然一阵热气直奔喉头，声音带着些微的颤抖说，“为了村内的面子，我甘愿去弄狮头！”

“你去？”理事长拿着烟直指到清水仔的额头。

“拼给他们瞧！”清水仔说，“真正的功夫！”

“清水仔，”理事长突然扔下烟头，摇了摇头干干地笑了起来，“清水仔……”

“真的，我愿意上阵。”

“清水仔……”

“我愿意！”

“你……几岁了，今年？”

“我？”

“可以吗？行吗？”

“可以。”

“清水仔，你会说电视公司要拍，丢不了村子的体面，可是，”理事长竟是一脸怪异的笑容，“你，这简直是在滚笑嘛！”

“我……可以弄。”清水仔急急地说着，感觉到热汗微微地沁了出来，“可以，真的。”

“不要滚笑，清水仔，”理事长说，“何况，人手早都排好了，我说好，对别人也难交待。”

“就算是，哈，”清水仔拉着理事长的衣袖，“就算是我一生最后一次弄狮……”

“可是，电视公司拍片哪！”理事长说，“你一出错，怎么办，你想想，全省所有电视上都出现你躺在街头的样子，好看吗？”

当然不好！清水仔想道，可是，素卿一直躺在床上，也不好！

“那，”清水仔说，“弄狮尾？”

理事长摇摇头。

“那……龙中，龙中可以吧？”

他仍摇摇头。

“都有人了吗？”

理事长点点头，说：“如果你想帮忙的话……”

“当然，当然！”

“明天，就帮歪嘴财顾庙。”

“这……”清水仔愣了一下，慌慌地摇起头。

“清水仔，我觉得，”理事长拉下搁在他身上的手，笑了起来，“你……好像真的有阴谋！”

干你娘！歪嘴财！扶卵泡！阴谋……

“你想跟人家分红包？”理事长说，“对不对？”

……

“歪嘴财说，你是阴谋者，有心机……你知道，丁口钱没交我从不过问，反正我也是众人奴才，几拾块我掏得出，少跑你家几趟我愿意，但是，你这种心机……啧！不好。”

“我……”清水仔吐了一句，却是喑喑咽咽地听不清，“……没心机！”

“没有？顾庙你就不去，嘿嘿，”理事长说，“顾庙是公工，没红包？嗯？”

“素卿躺在床上爬不起来！你们不知道！”突然，清水仔猛抬起头，逼近了一步，理直气壮地大喊起来，映着月光但见那一脸老泪纵横，筋络贲张，“她要刺银针才会好，就是讨红包去刺也是讨神明的恩德，什么阴谋，什么阴谋，歪嘴财，干伊娘××！干……”

理事长被逼退了好几步，望着面前这个一向软溜溜的老头这等模样着实也心惊起来。

“好好好！别叫，别叫，歪嘴财的话我们这边讲这边煞，”理事长说，“你倒说说，素卿到底怎样？”

清水仔气喘喘未息地瞪着理事长，而等怒气平复了，眼泪却耐不住地淌了下来。

“慢慢说……”

“下半身……麻……麻了两个多月……”清水仔最后伸手揩揩眼泪，这才断断续续地说，“一直爬不起来，前几天空辉他儿子从……从台北回来，说……说人家那里有个中医刺银针很专业！……”

“他说过大约要多少钱吗？”理事长问。

“两千。”

“你相信他？空辉的儿子谁不知道最不正经，吃喝拐骗，你知道，他就是这样才被空辉赶出家门的咧！”

“他骗别人，不敢骗我，”清水仔说，“他还说，如果他在龙阵那边分到红包，都要凑给我……”

“啊……”理事长看清水仔怒气已消，而且就像小孩般喃喃地诉将起来，于是连原先戒惧之心都没有了，便吐了口气摇摇头说，“清水仔，不是我爱说你，我实在想不通，你半世人罗汉脚的日子都过了，为什么到这时候还找个素卿来住在一块儿，你也许不晓得，人家外头怎么个说法，我呢，我当然不像他们一样笑话你，但是，你要知道，素卿仔身体那么坏，年岁再一大，以后，恐怕……”

“他们讲，我不怕，树头稳固，管他树尾做风台，”清水仔说，“他们都没想，素卿一世人替蔡仔舍他们做嫻，蔡仔舍破产，她连住的地方都没有，她不住我那里，谁肯接她住！”

"是这样吗？"

"为了她，我还把眠床隔开呢，"清水仔说，"可是，隔了没有用，晚上她嘛，难受便会哼哼地呻吟，我知道她怕我听到，可是，我还是听得到，最后，两个人骗来骗去，这样，我受不了……"

"这个我了解啦，"理事长说，"可是，这回出阵头不比平常……"

"我知道，这个电视要拍……"

"所以，讲难听一点，事情如果分轻分重的话，素卿躺在床上电视拍不到，可是狮子一弄出去，电视拍得到！"理事长说。

"素卿她也不愿意被电视照到！"清水仔理所当然地应。

"那……"

……

"这样，等明天过了，我去跟镇长讨个情面，给素卿一个贫民身份，送她去医院免费就医……"

"不要！"清水仔说。

"为什么？"

"有钱去申请贫民，我不会直接送她到台北刺银针？"清水仔说，"而且，我还能走，还能收鸭毛，卖麦芽膏，还能给她饭吃，为什么要她做贫民！"

理事长望望他固执的表情，摇摇头心里这万般理由也说不清了，而这时那歪嘴财却又在庙门出现，鬼鬼祟祟地望了望这头叫道：“理——事长！”

“那，”理事长回过头去打了个招呼后便说，“这样，我帮你在村子里捐点钱……”

“免。”清水仔说，“……免，我们两个又不是神明，也不是有应公里的那堆……”

“这样的话，你要我怎么办？”理事长说，“再参详也没结果！”

“啊……”清水仔抬头望着天，叹了一声。

“理事——长！”歪嘴财又叫。

“管伊的——”清水仔吐了一口气，摇摇头看了看理事长竟然笑了起来。

“天，总没绝人之路啦！”当理事长愣愣地望着清水仔远去时，夜风依稀传来清水仔的声音说。

清水仔回到屋里时，素卿正拉着被子躺下，看他进来却又挣扎地想挺起身来。

“你睡，你睡！”清水仔急急靠过去，帮她把枕头拍了拍说。

“庙里热闹吗？”她问。

“那还用讲，金光闪闪，三十几年也没过这种好风景！”清水仔说。

“那，你一定被编派得跑东跑西啦！”

“就是嘛！”清水仔作势拉下铁丝上早被井水浸黄了的毛巾，胡乱抹了一阵，“唉，又是这，又是那！啧！”

“人家说，国用重臣，家用长子，村里这种神明差事还是老人懂些……”素卿朝他笑着说，“多做些积阴德，神看得见。”

“就是啊，那些少年书念多了，规矩反而丢了，想到就做，不能做的也做，害得我到处跑，到处叫……唉！”

“那……明天你一大早不就得出去了？”

“是啊，你知道我明天干什么吗？”

“我……”素卿微微地笑了，“我怎么知道？”

“弄——狮——头——”

“啊？”

“你不信？”

“弄得了吗？”

“啊，你太看轻我了，要知道，这是村里头人会议决定的哪！要不然，讲实在的，村里还有谁真正懂得怎么弄的？”

“嗯，这是真的，”素卿想了想说，但却又担心地问，“那么久没弄，你耐得住吗？”

“啊，又不止我一个，”清水仔说，“重要路段由我来，其他的，交给那些少年的去舞就好了嘛！我跟那些头人说得很清楚哪，我只要说不这样我不来，他们点头都来不及了！”

“应该是这样啦，人，也不是铁打的，”素卿说，“那，还不快点去睡，对了，热水在锅里……”

“你起来过？”清水仔问，“那……你吃了没有？”

“吃啦。”

“我一忙，也没来得及赶回……”

“我自己能起来，今天好像好了一点，”素卿说，“也许神明看你忙吧……”

“也许是……”

“明天，醒来时不一定可以上街看你弄狮呢，”素卿说，“好久没看村里出阵头了。”

“对，对，明天你……”清水仔突然转低了音调说，“去看看也好……”

“洗澡去吧，早睡些。”

“你先睡，”清水仔说着便低着头朝房后走去，“我可得把身子好好洗净了！”

“这是应该，头人选上你，也是神的旨意！”清水仔听见素卿这么说。

草草洗完澡后清水仔便又走出屋外，坐在茄苳树下的竹椅上发愣。夜深之后，那村子便愈发寂静，清水仔瞪着房间外的那面窗子，竟仿佛又听到素卿哼哼的呻吟，而，黄昏后的一连串遭遇更是直涌上脑门来，刹那间，那一切一切使得他心头就如刀割般地狠狠作疼起来。

也不知坐了多久，只觉得夜风愈是冷冽难耐了，正想起身进去时，面前却出现了个人影来。

“清水伯！”那人喘着气叫道。

清水仔一惊，猛抬起头一瞧，原来是空辉他儿子，仿佛跑了一阵路，那鼻孔犹急速地掀动着。

“怎么了？阿明！”清水仔焦急地扶住他的肩膀说。

“没有，”他说，“驶伊娘，刚和理事长吵了一架！”

“怎么可以……”

“清水伯，你实在太老实了！”阿明大声地吼着，清水仔急忙把他拖到一旁，指指屋里，阿明这才降低音调说，“什么事任他们摆布，伊娘，有钱大家赚，为什么他们不让你上阵！”

“阿明，你不知道，他们说得也有道理，我总不能在电视上丢人，失村子的礼面……”

“你管他们那么多！伊娘，电视吓死老百姓，就是皇帝出巡也不会这样，喔，一提到电视台，什么卵毛都翻给人家，伊娘，那些头人还不是为了在电视上嚼一两句舌头，跟主持人抢抢麦克风，伊娘，为了他们，自己人都不顾，干！我看多了，电视台有办法就自己摆场面，为什么那些头人偏偏要他们准备那么多，考虑那么多……”

“阿明……”清水仔听他这么忘情地叫着也找不出什么话答，只好说，“头人也是为了村子的名声！”

“骗鬼，名声在外有什么用，素卿还不是躺在床上……”

清水仔一听，似乎又想起什么，鼻头一酸便背过身去。

“清水伯，”阿明停了一会儿，这才缓和下来，扶着他的肩说，“我只是气，你知道我一走到庙里就听歪嘴财和理事长在那里拿你开玩笑，龙阵那些少年又跟我说你去弄狮摔跤什么的……”

“我没弄，我只是……”

“我知道，清水伯，”阿明说，“有一个照相的说你没弄，说你只是摆样子，伊娘，他还给我名片，说他是出名的摄影家，放屁，凭他那种死人般冷冰冰的态度我就不信他能拍出什么来！”

“他照我呢！”清水仔说，“他那闪光灯太亮了，我才摔倒的……”

“你别理他，我拖他来拍素卿躺在床上他就不敢！”

“你拖他？唉，你实在很呆，他就是来，素卿也不愿意被他拍……”

“清水伯，你……”

“那，那后来呢！”

“后来，理事长不护自己人没关系，还当那么多人的面刮起我来，你说，清水伯，他还以为我和你一样呢，驶伊娘，那些人就是被你宠坏了，软土深掘！”

“可是，你这样跟他们吵，又有什么用，”清水仔说，“我上不了阵没关系，可是你呢？”

“我？哈，不——在——乎——”

“你——”清水仔一听几乎整个绝望，他想到阿明如果守着当初的诺言的话，至少能有一点红包收入，这下岂不完了？

“我？清水伯，你放心，”阿明突然笑了起来，“伊娘，他们软的不行，我们硬来！”

“怎么行？”

“谁说不行，伊娘，人躺在那儿不能动重要，还是电视重要，伊娘咧，阵头到处看得见，素卿躺在那里只有我和你看得见，除了自己想办法外，你说，要怎样？”

“阿明，你可不能动粗！”

“动粗？下策！清水伯，伊娘，头人精明，我比他们更精，他们要面子，我就凑一些热闹给他们更多面子！”

“那……你？”

“我跟你说……”说着阿明便在地上划将起来，最后，听得清水伯实在不知如何答腔。

“怎么样？”阿明把树枝扔掉问。

“我……”清水仔说，“这样，我们在村子里会成臭人……”

“臭人？”阿明说，“他们比我们更臭，再说，这也是凑热闹，有什么不好，他们不是喜欢热闹吗？”

“可是……”

“清水伯，”阿明声音突然又高昂起来，“你要是这样再软弱下去，素卿会一直躺在那儿爬不起来，我问你，一句话，你想当那种假好人，还是真好人？”

“怎么说？”

“假好人就是人家说好你点头，人家说不好你摇头，真好人呢，就是把素卿医好！”

清水仔呆呆地望着阿明那张激动的脸，最后，突然点起头来。

“好，我们一起来！”阿明这才笑了起来。

“可是，东西呢？”

“隔庄有一个接骨师，他有一个挂在墙上，我去借来，不过，这身子你要想办法！”

“有！”清水仔一听竟难得那么肯定地说，“我有被单！”

“被单？”阿明突地大笑出声，“好极了，伊娘，包他热闹一场啰！”

说着，两人便相视哗哗地在月光下狠狠地笑着。

翌日。

晴空万里，全村鼎沸。

日出之后，全村人便缓缓地向那条弯弯曲曲的主要街道聚集，人墙愈围愈厚之下，最后，后排的人只好站在高凳上，探着头，抚开如柳条般密集垂挂的鞭炮，往街道的尽头处瞭望着。

三十几年来，除了光复那次村子里有这般排场外，再也找不出哪一回元宵节能有这等热闹的。

街道上早已肃清了，除了电视台摄影车，和那些背着相机来回奔动的外地人外，便只是灿灿的阳光和人们兴奋的情绪了。

十点整，准时地，街道尽头处锣鼓八音的声音开始掀天响起。

远远地，鞭炮声亦随着爆开，毫无空隙的响着，逐渐地这头的人们已能看得到那阵缓缓冒出屋宇的淡淡的青烟。

电视摄影车的引擎发动了。

照相的人或立或跪地端着相机等待着。

商店开始把鲜艳如血的红包挂了出来。

有人在鞭炮上涂上厚厚的糯米糊，一边得意地笑着。

啊——

来啊！来啊！人们开始探头窜动。

西乐队前导，雪白毕挺的制服，耀眼刺目的乐器，人们高声随着乐音畅快地叫道："嘿嗦——嘿嗦——嘿嗦——深山——

内迎花轿，鼓吹——八音铃隆叫，内山兄哥呀——奔得汗直流——”

掌声如浪涛般响起，摄影车开了出来，主持人随着乐队后招手出现，他大声地说着：“各位观众，我们现在是在 ×× 村为你们作实况转播……”

随着他的手臂一挥，那些著名的歌手影星亦挥手出现！

“江萍！”“王小芬！”……人们兴奋地吼着她们的名字。

不知是谁沉不住气把长串的鞭炮朝那群娇艳欲滴的队伍中点燃伸去，尖叫声随之而起。

哔！哔！……警笛响了！“谁？不要乱来！”

“喂！顾——礼——面，太——野蛮了！”理事长西装毕挺地不知从哪里猛窜出来朝人群叫道。

乐队。

八音。

艺阁。

宋江阵。

鞭炮声愈响愈近，那炮硝如浓雾般涌了上来。

咚，锵！隆咚锵！

长串鞭炮开始朝街心伸去。

摄影者坐立不安地夹杂在阵头中奔跑。

咚，锵——

龙阵。

咚，锵，咚锵——

西乐队。

梅兰，梅兰我爱你，你像兰花地着人迷，好像梅花地年年绿——

大鼓亭来啦！

大狮头在十步外冲破浓烟，一边闪避着如雨甩落的鞭炮跳跃不停，一边张着嘴咬落竹竿上、门楣前悬挂着的红包。

这头鞭炮亦开始点燃了，人们撑起竹竿，如蛇般地晃动着。

呀——。人们惊叫。

哇——。

大鼓亭突然静止了，铜钹锵锵地又击了两下也停了。

“两只狮——”人们叫道。

是呀，那小巷道中突然猛蹿出另一只狮子，毫不顾忌脚法地朝街道两边穿梭奔动，那狮头既小又旧，而那狮身却是大花大朵依稀可辨的旧被单。

“这是干什么？”“没有说其他村子也来凑热闹的道理！”

“就是呀！”“这是谁啊！”

“哪里来的？”理事长在鞭炮中掩着头叫。

那狮子却伸出一脚猛踱过去，理事长在迸裂的炮竹中焦急地朝骑楼滚去。

那狮子矫健地两边舞动着，人们看得见狮头下伸着一只粗壮的手臂，一跃一抓，一个红包到手便往胯下的口袋一扔。

大狮子在后头歇了下来，穿着雪白运动装的少年一个个朝这边愣愣观望着。

“鞭炮——”理事长在廊上大叫，“往上面甩，看看它是哪里来的！”

“各位观众——真是幸运，”主持人在另一边大叫，“我们看到了人民活泼喜乐的真正表现——，这只自动自发参加庆典的狮子可不可爱——”

“鞭炮——”理事长沙哑地叫。

“哇——”人们突然哗叫起来，那狮头勇猛地、敏捷地夺过一个挂在竹竿顶端飞舞不定的红包！

“炸他们——”理事长叫。

大鼓亭响了起来，节奏愈来愈快。

“够了吧！”有人听见被单下的狮尾传来一句苍老的声音。

突然，三四串涂满厚厚的糯米糊的鞭炮同时甩落狮身，激烈地爆开，狮身猛然摇动跳跃着，却无法甩掉。

摄影者挡住了狮子闪避的空间，刹那间，狮头突然伸出手夺过一部相机往空中抛起，众人惊愕的同时，又有一个被飞踢而出的狮腿踹倒。

咚咚咚咚，锵锵锵锵……——

“哈——”人们忘情地叫道，看着那些外地人朝街道两旁狼狈地躲去。

而，狮身终于爆成碎片，浓烟慢慢飞散。

“这边，这边——”中药店这头，那店主用竹竿钩着红包大叫，“五千——”

狮头朝这边奔来，狮身仅剩微微的一道布条和狮头连接着，而亦疾步跟上。

“是谁？是谁？”理事长叫。

“拿！拿！”人们大叫。

突然那竹竿移位了，一个背着照相机的年轻人跑近了，夺过竹竿，将红包勾住半天那面“至善堂”招牌的中央处，让红丝线绕在支架上，猛一拉断后将竹竿抛落，随即端起相机等待着。

鞭炮如疯狂的蟒蛇般烧着狮身迸裂，暴响。

“会炸死人啦！”有人尖尖地叫着。

“炸开，炸开，看看是谁——”理事长嚷道。

“够了——”狮尾又传出声音。

“他敢给，干，为什么不要——”这回狮头出声了。

如着魔一般，那狮头撞开人群，一手伸出拖过椅凳，爬一道加一道，狮尾艰苦地跟着。

“啊——”女人尖叫着，她们看到那狮尾的腿部皮肉绽裂，血沿着小腿流下，连那脚底的破布鞋都染红了一片。

狮头伸手，想抓住红包，突然，另一串鞭炮激烈地将狮尾团团裹住，浓烟、火光、纸花漫天飞舞。

“炸！炸！”理事长叫。

摄影的年轻人毫无表情地、急速地按动快门，最后站了起来，满意地笑了。

鞭炮响过，狮尾终于无力地，直直地倾倒下来，人们听得见那声苍老的呻吟。

狮尾撞倒累搭的椅凳，狮头最后猛力一拨，于是红包缓缓从狮头前飘落，而，狮子终于身首异处地扑落地面，有如梦魇一般，那红包竟坠入那微张的狮子的口中，静静地在浓厚的硝烟中躺着。

“清水仔——”

“阿明——”人们叫道。

那日黄昏过后，村子便又沉寂下来。

清水仔屋外的茄苳树下，两个全身上下捆满绷带的疲惫不堪的人正无语地对坐着。

“进去吧，”年轻的说，“离她远一点，她看不见。”

“你呢？”

“我去镇上连络计程车。”

“走得动吗？”

“没听说鞭炮会炸死人的。”

“叫车子晚些来，只要午后能赶到台北就好。”

“好，你进去吧，等下素卿担心！”

“你的一份……”

“干你娘！你什么意思？”

“我……”

“送你买被单啦！”

“好吧，好吧！”

“那，明天我等你……”

“对，再回来时，也许素卿就可以站在这里像我们这样聊天了！”

“刺银针，也要绑这么厚的绷带吗？”

“啊！你这种老颓！进去吧！”

说着那年轻人便蹒跚地朝夕阳渐隐处走去，老人看了一会儿便进了屋子。屋里仍未上灯，昏昏暗暗地。

“素卿！素卿！”老人站在房门口轻轻地叫。

“啊——”素卿惊愕地应了声。

“是我啦！”

“啊，我方才做了个歹梦呢！”素卿说，“一直不见你回来……”

“今天累坏啰！”

“热闹吗？”

“那还用说！”

“你……”素卿微微撑起身，“你怎么全身白白的？”

“是啊，阵头出了我还去表演了一套拳头呢，要不然，怎么这么晚？这是村里做的白……白武装！”

“哈，你骗我，你什么时候也会拳头啦？”

“不会？你真看轻我！”老人说着做了一个姿势，“你看啊，素卿，这一招……”

一股激烈的疼痛将老人的声音整个吞没了，他紧咬着牙忍住。

“啊！真的呢，这个我知道，”素卿微微撑起身，望着昏暗中那雪白的身影，“清水仔，这不是叫白鹤展翅么？”

陆

特别的一天

那天恰好是这年最后的一个周末。也许是留恋，也许是自弃的心理，总之，西门町的大街小巷十一点不到便泛滥着裹着重重冬装的人潮。寒流止于中华路的陆桥上，一下陆桥，肉体与肉体摩擦之下的异样温热便伴随着樟脑味、脂粉味、皮革味和其他属于闹区的特有气息扩散着。

而正当早场电影准备进场的那一刹那，就在“剃刀边缘”的看板下，人潮突地急遽地蠕动着。

“什么事？”“警察、摊贩早安晨跑？！”“皮条客争客人？！”

……

不明情况的人跟着别人的脚步一下子便把一个汉中街口挤

得水泄不通。

“抢劫！抢我的皮包！”一个女人苍白着一张堆满颜色的脸从人群中冒出来，有如宣布那一类得奖名单似地嚷道“该枪毙的死家伙，要命，连带子都扯断了！”

“抢了多少？”有人问。

“没抢成！”女人欣慰地说，一边埋头弄着皮包，人们却是一阵失望的叹息，哎地一声。“该死，这儿哪里有皮货行？……意大利的呢……”

“溪尾人？”派出所的年轻警员拉着手铐的一头，把那少年拉进派出所的讯问室里，一边翻阅着少年的身份证，“难得哦，溪尾人在台北市抓到溪尾人……。”

警员正想把手铐铐上桌脚时，另一边一个年长的警员却在大声招呼他。

“你台语灵光些，想办法把这三个家伙打发走！”

年轻警员只好过去，望着那三个都有一只红中带黑的槟榔嘴的家伙。

“搞什么屁？”

“领奖金啦！别人都有。”

“领什么奖金？”

“嗯，嗒你也不是不知道，嗒这个破少年是我们替你们抓到的呢！嗒也是我们来报告你们，你们才去给他铐回来的呢！啊人家帮警察抓人报纸都有登，啊都有钱！”

“你是溪尾人对不对？”年轻警员问道。

“是，是，我们三个都是——”那居中的家伙忽然兴奋起来，客气地把槟榔渣吐在手中，小心地捏着，“啊你怎么知道？”

“嗒凭你们啊啊嗒嗒的，就想骗我也不成！”警员说，“回去吧，溪尾人抓了个溪尾人，还把他打成那样子，不是什么光彩的事！”

“走？啊我们的奖金呢？”另一个家伙才开口，不料原先那家伙倒嘻皮笑脸理直气壮地说：“啊他做坏事谁说不能打？”

“我说不能打！”那警员竟突然发火了，把案上的卷宗抓起来重重地摔了，“干你娘，三日不偷抓鸡就想当保长！”

“啊你骂我们这些有功劳的人？”

“骂你？我还想抓你呢！快回去看好你百花园理发厅的门吧。周末，马杀鸡的客人正多！”

“我们……”那三人突然站了起来，相互看了一眼，怪异地笑了下，正色地说，“我们规规矩矩的……”

“回去告诉你们二十三号姓沈那个小姐，我可以闭着眼睛画出她身上的特征，包括……”

“啊不要这样啦！”三个家伙几乎异口同声道，“嗒平平是溪尾人，出外讨生活，互相照顾啦！”说着似乎忘了奖金那回事，哈腰鞠躬仓皇退去。

“你还给我在这里笑！谢佑良！你会被枪毙你知不知道？”警员转过身来，望着那少年不禁嘶吼道。

“啊——”那少年这时才惊恐地直立起来，把一个手铐摔得叮当作响，“我不要！我不要！”

“坐下！”警员大叫，“不要？还让你选呢？”

“现在几点了？你还不回去，来得及吗？”警员见少年坐了下去，语气显然和缓了些，“你报了流动户口吗？”

少年摇摇头。

“那你还不回去，还有空在这里抢钱！”

“我……我就是想拿一些钱带回去……我看那个女人十点多就出来看电影，平常我们都正在挑沙石上鹰架呢，而且在新东阳抢买牛肉干，一买就是，哇，这么大一包，皮包里都是大张的，所以我就……”少年傻愣愣地笑着，脸颊上的淤伤刹那间更绽放开来，“那，我现在就回去好吗？”

“现在就回去？”那警员想了一阵，凄然地笑着，“再回去溪尾时，怕你都认不得路了……傻瓜！”

溪尾正下着雨，雨雾把收割后原本一片枯黄的田野密密地染上一层冰凉的淡蓝，而两个兴冲冲的国中生穿着深蓝色的夹克就在雨雾中奔突着。

“别跑那么快嘛！”

“我就试试看今天晚上，我爸爸最快多久可以查完！”跑在前头的那个说。

“跑有什么用！这里的房子乱七八糟的，这里一间，那里一间，找的时间都比跑的时间长。”

“所以我出来替我爸爸画地图，找最省时的路线嘛！”

“算了，你爸爸那么老了，你走都比他快，”跑在后头的小鬼说，“不要说你，我去当小偷你爸爸搞不好都抓不到我！”

“哈，那我哥哥总抓得到你吧！”

“你哥哥在台北当警察，又不在这里！”

“他要回来了！”

“为什么。”

“不知道。他跟我爸爸说，在台北住久了会发疯，好人坏人分不清楚，他说在那里有钱人做什么都对，没钱人做什么都不对。”

“那你爸爸怎么说？”

“揍他，说他偏激。”跑在前头的孩子停步看了看手上的名单，“谢施清妹，这里。”

而当这两个小孩抬起头的刹那间几乎同时被吓退了好几步。

就在面前这幢长满青苔的木屋一侧，一个老太婆几乎是跌跌撞撞地在追赶一只老母鸡，上半个身子紧紧地裹着一床乌黑且露出破洞的被胎，赤着一双有如麻雀般一丁点肉也没有的腿，有如僵尸般，站定时，仿佛支持不住似地全身激烈地颤抖着。

“阿婆，鸡让他帮你抓！”前头那孩子连忙扶住她，后头的孩子闻声便向母鸡那头冲了过去，而阿婆才一进门便听到那鸡着急的叫声，她不禁笑着，似乎想说什么，但却被急促的气喘声给压下去。

小孩几乎受不了屋内霉腐的气味，正想借口出来时，抓鸡的那个却偏得意洋洋地捏着鸡堵在门口。

“嗒多谢哦！”阿婆终于开口了，“啊还是你们这些读书囝仔跑得快！啊你们都在读书吧？”

“嗯！”

“读书好，啊以后赚钱容易，嗒像我孙子阿良，没那么好命哦！”

“他在干什么！”

“嗒我也不知道，他爸爸本来在给人家盖房子，啊摔死了，啊妈妈在工地给人家煮饭，啊煮一煮变成别人的太太了。他只寄钱回来，啊一年多都不见了……”阿婆说完似乎很累，扶着墙坐下来。

“阿婆，你好像生病？”

“老人病没药医，嗒有病也一样，阿良寄的钱刚够买药……啊，前几天有一个女老师说咱全部在外面的小孩都会回来，嗒是不是今天？”

“户口普查啦，就是今天。”

“那就对了。”阿婆说着招手要抓鸡的小孩走过去，她抚着鸡，竟然那么兴奋那么得意地笑起来，“啊这只鸡原本是做种的，可是嗒阿良今年没补冬，他回来，该给他补一补，啊歹命子就是这样哦……”

“要读书哦，以后赚大钱。”阿婆见他俩没有答腔，勉强说着默默地又轻抚着那只鸡。

凌晨当老警员陪着女老师走入木屋时，只见桌顶的灯亮着，桌上一只乌黑的铝锅密密地盖着。

“阿婆，谢佑良回来没有？”女老师问。

“是炖鸡。”老警察掀开铝锅说，“阿婆真客气。”

“阿婆。”女老师又唤了声。

阿婆在里头不知听见没有。也许没听见吧？她去找孙子啰。

柒

悲剧脚本

茶

三月廿一日，晨六时整

秋男漱洗完毕走出厨房时，甬道边他阿母和孩子们的房间里都还静悄悄的，只有窗外塑胶搭棚轻缓的水滴声。他略停了一会儿，似乎想起什么，便掀开布帘跨了进去。

房里湿暖的气息中充满酸酸的霉味和一股隐约的孩子气。大儿子国忠仍睡得沉，一只白胖的腿露在被外，放肆不堪地就那么大大方方横压在老祖母仍裹着旧被子的身子，甚至更毫无忌惮地把一口一口热热的呼气朝老祖母干瘪的脸上喷去，于是他阿母散落的白发便随着在昏暗的光线里默然掀动。

长女素梅倒睡得斯文，整个头依附在祖母的背脊间，齐额的娃娃头微微朝耳际滑落，衬托出一张令人爱怜的白细红润的脸蛋，胖胖的手指轻轻抓着祖母的肩，也许在梦中仍跟祖母撒什么娇，嘴角还不时喃喃蠕动着。

秋男出神地看了好一阵子，心底竟有说不出的一股甘甜，他好想把这两个孩子都叫醒了，就这么紧紧地抱着他们，也让他们抱着自己。不必说什么话，就让自己感觉到他们是我的命，是我的一切，那就满足了……当然，素梅也许会睁开眼，笑着望了望自己，叫声：“ㄅㄚㄅㄚ……”然后又沉沉睡去，而鼻息间袅绕着的必是她满身未脱的乳臭吧？……啊！……

秋男想着，便俯下身把国忠的腿塞入被内，顺势轻轻地打了一下他的屁股，低声笑骂道：“猴团仔，睡也睡不好呢！”

而刹那间，他感觉到两道沉寂且冰冷的目光正朝自己射来，于是，秋男微现的笑意便即刻冻在嘴角。

他阿母不知何时醒了，静静地凝视着他。

“阿母。”他唤道。

“今天免入坑？”

“要。”

“……”他阿母竟又闭上了眼。

厨房这时又传来阿菊猛烈的咳嗽，那声音夹着浓痰的喑哑，激烈处却反而趋于无声，只断续几道，仿佛肺腑筋络一下子全撕裂开来的呻吟。

“阿菊今天也要做？”他阿母问。

“我叫她不要去，下雨，她说工地今天磨石子，不去不行。”

“好，都去，都去，去做，夫妻俩都去，做到死，让孩子跟着我，让我拖磨，爱做都去，都去！”阿母突然激动起来，压着声音沉沉地嚷道。

“阿母！”

“你们都是铁打的！”他阿母缓缓转了个身，轻轻搂住素梅，“你们都是铁打的吗？”

秋男悄悄退出，阿菊正把一锅热粥端上，腾腾的氲氤后面是一张隐约着倦容的脸。

“昨晚没买菜，便当装两个蛋好吗？”

“那你呢？”

“……”

“国忠呢？”秋男问道，抽出三炷香。

“拿钱给他吃面。”

“有妈的孩子竟然没便当菜！”

“昨天晚上我连工，你以为我不买？我回来菜摊都收了！”阿菊把粥搁上，连连又咳了几声。

“难道西药房也关了？”秋男挥熄火柴。

“西药房什么时候也卖菜啦？”

“我是说你的药！干！”秋男白了她一眼，转身举香而拜，神案上是一方木牌，一方阿爸遗照，恰如自己一般一头短而蓬松的乱发，清瘦的脸颊和一双下凹的眼眶。

“咳久就好了。”阿菊说。

“对，咳死连呼吸都省了！”

秋男打开门，迎面的冷风夹着细雨猛地扑起他一阵寒战。

“春寒雨便洒，伊娘，果真是……”他喃喃道，把香插入门框上的铁管子里，于是鼻息间便有袅袅肃穆的檀香味。门外，瑞芳正缓缓醒来。连下了好几天腻人的雨，使得原本即是一片颓丧色彩的小镇愈见深沉凄凉：灰黑的晨色中是灰黑的屋宇和灰黑的山，而灰黑的雨丝下则是奔腾不息的基隆河，流不尽流不散的一泓灰黑色的浊水。基隆河把瑞芳斩成两半，但，不论是河的这岸或彼岸，秋男忽然觉得，瑞芳人似乎就常年活在这片挥拂不去的灰黑色的泥泞潮湿中——阿爸活过了，阿母，自己，阿菊依然……哪一天？到底哪一天，国忠、素梅才能一睁眼便是另一方色彩鲜丽的天地？

转过身，阿菊原本站在他身后，这时却急捣着嘴避过秋男的视线。瘦削的背脊一阵激烈的起伏后，迎光的侧脸便泛起一片潮红，最后，连眼泪都给逼出来了，但是，那强忍的咳声却无法掩住，透过指缝和紧闭的嘴唇，愈发沙哑且粗沉地闷响着。

秋男无言地望着她。

“你不去做，难道我们会饿死？”

“我还受得了……”阿菊蹲下身捡起掉落的筷子，偏过头来说道，那眼际泪光依稀。“要不然，我明天休息一天好了，今天发钱，领了好付会。”

说着便站起来朝厨房走去，没几步却又咳了起来，秋男望着她的背影默然站着，最后倒是阿菊又回过头来问说：“便当里放两个蛋好吗？”

秋男没答，兀自转身取下挂在窗边的外衣套上。

那时，天更亮了些，外头一片迷蒙，而耳际却尽是基隆河悲凉而沉闷的呜咽。

晨六时三十分

六点一刻由瑞芳开往基隆的客运车在雨雾中驶抵大寮时已经六点半了，尽管乘客早已饱和，但司机还是慢慢地挨边停下来，关掉引擎，让上工的人们一个挨一个塞进来。

早班的乘客除了矿工之外，通常还有许多到瑞芳市场赶早办货的妇女小贩，于是车里除了矿工们身上惯有的一股类似机械油般的味道外，更混合了走道上那些葱、蒜、芹菜，甚至鱼虾鸡鸭的腥膻。车子一停，座位上的人便不约而同地拉开早已蒙上一片水气的窗子，任带着淡淡草香的冷风灌得一车皆是。

秋男探头出去瞧了瞧，却见同组的锦水正叼着烟站在车门下，略带白发的头上一层淡淡的雨滴，脸上是恶作剧般的嘻笑，一边作势用肩膀顶着塞在门口进退不得的人，一边大吼大叫道：“哇，驶伊娘咧，呸呸，我们来请问一下，你昨天是不是忘了洗屁股？”

秋男看不见半上半下的那个人，但那声音倒是干脆，“屁股？爱说笑，我怎么舍得洗，您老不是最喜欢舔人家的臭屁股吗？我是特地为您留着的哪！”

车掌早已习惯了这类粗言粗语，毫无反应地挑着指甲，睡意仍浓的脸上只见嘴唇机械地动了动，背书般地说：“请往里面走，谢谢！”

“小姐，”锦水跨上一脚，却仍抽空道，“把后面安全门打开好吗？”

“干吗？”车掌这时倒讶异起来。

“要不然挤在后面的人哪有地方走？”

车里反应不一，有一声没一声地笑了起来。

“锦水，哪一天进棺材的时候，知不知道你哪个地方先烂？”

"当然知道！"锦水终于挤了上来，一边帮车掌拉上门一边道，"那个嘛！没有骨头的那个嘛！"

"对，没有骨头的嘴巴！"

"你太有学问啦！"

"锦水叔！"秋男略站起身招呼，却见锦水早已一路嚷道："滚水，烧的滚水！"一路挤了过来。

"你不是陪婶仔坐飞机到澎湖旅行吗？"秋男记得早在一个月前就听他没事提"外出观光"的事，甚至昨天还问自己要不要鱿鱼什么的，怎么……

"不去啦！"

"为什么？"

"不想去，"锦水说着已挨到面前，随手拉拢车窗，"儿子顶老子的位。"

"难得陪婶仔出去一趟……"秋男说着看了看表，……阿菊这时候一定边咳着，边穿雨衣边准备上工了吧……他不禁想着，当人家在招伴时，心里的确也有过随大家去逛上一趟的欲望，不因为什么，就只想到阿菊跟着自己这几年来的操劳，两人若能单独去游览一下，好不好玩是一回事，最重要的是，他真想阿菊了解自己心底深藏的愧疚。可是，即如自己所料的，当他才开口说："喂，我们去坐一下飞机好不好？"还未加解释时，阿菊一边摊开一家大小的衣服，偏过头来，边一脸委婉的说：“不要啦，人家说澎湖没有什么好玩的，比我们深澳、瑞滨还不如呢！”秋男不想追问，但心里可明白，脑中的景象是左右邻居的凑在一块兴高采烈地谈论着游览的事时，阿菊孤单站在一旁含笑无话的样子。……

“干，同一张臭脸看了三十几年还没看腻？喔，连出去玩这种爽事都躲不开，算了，伤神！”锦水大声嚷道，那些女贩嘻嘻哈哈地张嘴笑着，有人低声说：“短命，男人就是这样……”

锦水又低声向秋男道：“猴囝仔廿八号要当兵去了，他老母看不开，伊娘，一天到晚哭哭啼啼舍不得离开，我心烦，让她到外头哭个够！”

“啊！”秋男忽然叹道，“早知道该让她去，起码有俦仔作伴！”

“阿菊？她也哭吗？为什么？”

“不，”秋男摇头，“我阿母。”

“你阿母？”锦水竟也皱起眉来，“她哭了十几年了还哭什么？”

“不是哭，只是没事操烦罢了，”秋男叹道。瑞八公路正在拓宽，某些路段颠簸不堪，望着锦水微白抖动的头发，竟觉得是阿母也雇了车一路跟着。

“操烦些什么？”锦水道，“都抱孙子了她还不知足吗？哪天我过去骂骂她就好了。”

“操烦阿菊身体不好还得去做工，还有，”秋男望了望锦水说，“她不晓得听谁说顺兴水大，一天到晚叫我换坑。”

“你怎么说？”

“我能怎么说？再说还不是同样道理，这里工资多一些，坑又不热，还有，我说锦水叔也在这儿做，大家有照应。”

“那，她还操烦？”

“讲不清，我也没办法，她反正喜欢乱想……”

“你提起我，她有没有说什么？”

“她说，我爸都没有你的运气，我哪有你好运气！”

“我懂了……”锦水这时却是一脸肃然，好久之后才喃喃道，“干，她就专想坏的……你懂她的意思吗？”

秋男点点头闭起眼睛，只觉得眼眶一阵酸热。

“你们啊……你们……”锦水低声说，“你们母子都在互相演戏，干！”

演戏吗？秋男心底苦苦笑着……的确也是，他想。阿母只是顾忌着一些事，而，很悲哀的，这些事就是她日夜操烦难以释怀的沉痛，而自己明知阿母含在嘴里的话，但却得假装不解，有时甚至还得在言词上用忤逆的语气去逼使阿母不往坏的地方想。

这真是难受啊！

也许阿母以为我早忘了，但……秋男默默地紧咬着牙，强忍住几欲泛出的泪，……但我忘得了吗？十六年前邻镇的煤矿灾变，锦水叔是唯一获救的人，而当他醒来，大叫阿爸的名字时，自己正跪在坑口，迎接那具全身乌黑的尸体，一边用尽力气拖住往尸身上扑去的阿母，一边还得有一声没一声地叫道："阿母！不要紧，不要紧，阿母……"

不要紧吗？现在想想也好笑，当初，怎么会想到不要紧这句话？不要紧吗？

一年之内，全里看不到一张笑脸不要紧吗？一天之内十八个人出葬，十八具棺木迤逦在冷风冷雨的山路上？十八户人家的小孩从此必须断绝幻梦在一夜之间被强迫长大……不要紧吗？

秋男记得，葬礼过后，村中请来一班傀儡戏，哐哐当当的锣鼓响得满天满地，而台下只有自己一个观众……

自己就任雨淋着，任风吹着，任崩溃的阿母用尽所有不孝的罪名骂着，任她拧着，咬着，用木棍打着，自己却是动也不动地瞪着那些出将入相的傀儡……阿母不会知道，自己只是想看看，想了解：在这种时日里，为何还有人活得这般风光喧腾……

"哪天，我过去骂骂她。"锦水最后说。

中央货柜的仓库从窗外掠过之后，车慢慢停了下来。

“阿尼奇，”锦水朝司机叫道，“下午经过时开慢一点，没赶上的话，下雨天等车很累的。”

秋男走在最后，一跨下车，便听见车掌一声哨音，抬头处，车牌竟也迷蒙起来，但仍看得见上面三个似乎悸动着的黑字，“枫仔濑”。

晨七时十分

阿菊的雨帽脱得早了些，于是踏入米店的亭子脚时，冷不防地便被檐头流下的雨水浇得一阵子冰凉。

“早啊！”那个一年到头全身灰扑扑的老板娘端着稀饭迎上来，“真勤快喔，这种天气还做工啊！”

阿菊朝她笑了笑，喉头一阵骚痒，便又连连咳了起来。

“受寒了吗？”

“不知道，也没怎么，就光咳……”阿菊说着掀起雨衣，从裙头掏出一卷小票，“早上，帮我送十斤过去好吗？”

“马上就送，”老板娘倒显得热心，放下碗靠近阿菊说，“咳真麻烦喔，人家说土水师傅怕抓漏，高明医师怕治咳，没受凉光咳更不好，你咳一声我听听看！”

阿菊原本舔舔手指想数钱，听她这么一说才刚愣了一下，岂知真又咳了起来，肺部似乎被什么东西猛揪住，且不停地撕着扯着一般，想停都停不住。

“啊，夭寿，你一定煞着了。”老板娘睁大眼睛望着一脸潮红、满眶泪水且又小咳了几声的阿菊说：“我听一下就知道了，你看，没有痰，干咳对不对！那一定是，我头仔有一次也是，逞强啦，一次背上两包米上三楼，走了一半喘不过气，只稍微这么呼吸一挫，好了，回来之后连咳了半年多，十八种花样全变透，仙医都医不好，后来还是人家报了一味药吃了才断呢……”

阿菊被她这么一说倒不禁相信起来。

“贵吗？”阿菊问。

“不贵，不贵，”老板娘猛挥着手，“治病靠贵药就不稀奇了，珠仔草你知道吧？干的，放在锅子里加水炼，滚得差不多了，捞掉渣子，那些汁当茶喝，想喝就喝，喝上两三次，哈，静——静静，而且啊，像你头仔出坑入坑难免肺管不通，拿它当茶喝最好不过啦！”

“珠仔草？”阿菊略想了想，“啊，我以为是什么，路边可以找到嘛！”

“啧，唉，草药店十块钱买得上一大把，谁有那闲功夫去找那东西！”

“是啦，我只是说……”阿菊说着低下头一张一张数着钱，嘴里喃喃念着，手指不时舔了舔，当她数了十四张十元券，发觉竟还多出一张时不禁欣慰地笑了，“这是一百四！”

“真的，你散工以后就去买，咳久了不好！”老板娘收过钱答道。

“我会，我会啦，”阿菊把那张十元券又收入腰间，“多谢了，我吃吃看，要不然……”

阿菊话未说完便又连连咳了起来，于是便一边把雨帽戴上，一边朝老板娘挥挥手。她可咳得厉害，头不停地随着咳声颠簸，那样子就像感激涕零地朝老板娘叩首答谢似的。

出了小街雨仍下着，她紧靠着走廊走去，避开货车呼啸而过时溅起的泥浆，如此走了一阵咳了一阵，而就在几乎窒息的一次长咳之后，她突然觉得嘴里有一股浓腥味，用力地引了出来吐到地上时，阿菊停下脚步仔细地看着漂浮在泥水上的那口黄中带绿的痰，然后她觉得肺腑之间似乎舒爽了不少。

“买两个！”她走进面包店指着用塑胶袋装的海棉蛋糕。

“十块。”老板说。

“啊？”阿菊掏着钱讶异了一下，“喔！”

晨七时十五分

秋男和锦水在浴池边脱下衣服，换上入坑的单衣裤，领了安全电池慢慢晃到坑口时，工友们早已挨挤在寮仔边享受入坑前的最后一支烟。

一如每个喧嚷的早晨，这个早晨不知那些人又在说些什么，远远地只听见拔地而起的一阵哄笑。

“什么，什么，分一点来笑笑！”锦水才一冲入人群便耐不住闲地开口吼道。

“什么什么？问你啦，他们说前生不知做了什么见不得天的事，这辈子才在炭坑讨生活！”

“那还有什么好说的，上辈子干的一定是矿工，只不过不一定是煤矿罢了！”锦水这倒一本正经。

“这奇了，干矿工有什么见不得人？拉皮条吃软饭还差不多！”

“所以，老兄你上辈子八成干的是那回事！”锦水说着慢条斯理坐到坑木堆上，众人反应稍慢，隔了好一会儿才指着问话的人大笑出声。

“你甭酸，要是老子干的那回事，你也差不多！”

“我说过，这边的人上辈子干的还是矿工！”

“为什么？”

“请问一下，各位一入坑，见得了天啊？嗯？”锦水这时可得理不饶人，“猪啊，一群白痴！”

众人一听但觉有理吧，一个个笑开颜，只不过都低声骂了一声："干！"算是对锦水语末的挖苦稍做反驳。

"哇！死棋，"一旁那一脸憨厚相的胖子突然叫道，"那，照锦水你这么说，我下辈子跑不了还是在这洞里钻进钻出？……"

"不一定。"

"都是你的话，伊娘，上辈子见不得天，所以这辈子做炭坑，你又说做炭坑见不得天，那我下辈子还不是……"

"不会，你胖子不会！"锦水抢白道。

"我？"胖子指着自己，不知中计反而问得兴奋。

"不见天的工作多得是，像你胖子，依我看下辈子一定是'不夜城'最红的一朵花，哈，一样见不得天，一样洞里这么钻进钻出！"

毕竟这话好懂，众家伙伴一声爆笑之后，但见胖子却像一只鹅般跳了起来，摇摇晃晃扭着硕大无匹的屁股追打锦水去了。

而秋男却在这边听他们重新捡起话题：原来他们说的是胖子的一个邻居的事，他们父子俩原本都在七堵的某个矿坑工作，不幸的是，那儿子却在前一两年的灾变中死了，老爸在伤心之余毅然地申请退休，然后就依赖着退休金和儿子的死亡给付到基隆菜市场买了个摊位卖猪肉，结果一两年来也许是儿子的庇佑，猪肉卖得连房子都有了。

“命啦，我们反正是错长一根骨头……”有人喃喃说着，众人忽然沉寂下来。

抽水工旺春微跛着腿，从工寮的外头走过，微低着头任雨水轻洒在他微秃的前额。秋男不知怎地竟被他的背影吸引住了，木然抽着烟，眼睛眨也没眨地望着……他有六十几了吧？秋男忽然想道……而还是这么钻进钻出……难道说自己也是这样的命？要是这样的话，国忠、素梅真得要到何时何日才能摆脱这个灰黑色的环境？到他们成家、出嫁时吗？好，就算到那时，我能给他们什么？

“干什么都好，这种时代，干，就别做炭坑……”

“那你怎么还做？”

“干，我十六岁做到现在，五十二啦，不是二十五，转业谈何容易？你说，我能干什么？扛棺材？驶伊娘，爱说笑！”胖子啐了一口。

“去‘赚’啦，老，功夫好咧！”锦水又晃了回来。

“像秋男倒还可以，真的，”胖子说，“三十几，比起我们来还算小孩，这年头做做生意什么的都好……”

“我知道，”秋男朝他笑了笑，“我也想转业啊，你们谁借我钱？除非……”

“除非什么？”胖子问。

“除非哪一天领一笔伤残给付。”秋男说着把烟甩了。

“你讲什么疯话！”锦水表情一变，声调中带着怒意。

“说你笨你又不高兴，”胖子似乎没觉察到锦水的脸色，把烟蒂在木板墙上有一下没一下地抹着，“你以为伤残给付能干什么？老实说，当你真躺在矿工医院不能入坑时，哈，你以为你老婆儿女不必吃饭啊？等出了院，伤残给付拿到了，那些钱干什么用你知道吗？还债！喝，这不打紧，以后呢？苦日子还在后面啊，老弟！要是我的话，我宁愿……”

“你宁愿什么？”锦水音调突地拔高，众人望了过去。

“我宁愿……干，来个死亡给付。”胖子说得兴奋，似乎什么都忘了，“一口气咽掉，眼不见为清净，儿子们那有一笔款子可支使，搞不好还会记得你，像你说的那种笨主意，儿子还要养你后半辈子，恨都恨死了！”

“你给我闪到一边去，你，”锦水突然扑了过去，一把推得胖子倒退了几步，“驶伊娘，好话不讲，在坑口给我放屎！”

胖子似乎这时才察觉自己的荒诞，望了望大家耸耸肩道：“说笑嘛，对不对？嘿嘿……”

秋男苦笑着望着锦水，却见他随即转身爬上矿车，众人陆续也就上去了，如同每天的早晨。这时南下台北的一列火车正轰隆隆辗过近处的铁桥，桥下公路的水泥安全岛上鲜红的“我爱瑞芳”四个字在雨中泛着流光，而右侧的基隆河，灰黑的水流正盘旋奔腾着。

“日日不见天，为钱赌运气，本山人，锵！”有人学着布袋戏的腔调嚷道，“瑞芳地下工作人员，来耶了！”

“今日坑内的水不知道会不会小一点？”胖子说。

“会啦，”秋男望了望淡青的远山，“出坑时，会有太阳。”

矿车慢慢地滑下矿坑，一节接一节，一组人接一组人地被吞没了。

晨八时整

虽然离镇公所稍远，但报时钟十六响叮咚却仍清晰地传进秋男的家里。

国忠一听钟声便放下筷子抓起书包跑出厨房，那脚步踏得整个房子劈啪响。

“国忠，小声点，素梅还在睡！”秋男阿母正在洗脸，这时连忙走了出来，“你阿母放在桌上的钱拿了吗？”

“拿了，阿妈，我拿十块，十块给素梅。”国忠忙着套鞋子。

“给她干吗？”

“她爱哭，哭的时候你可以买虾味先哄她。”

国忠站起身，想起今天有作文课，又忙着抓砚台毛笔。

“那你够吗？”

“够啦！”国忠转身打开门。

“伞带了吗？”

“带了。”

“帽子呢？”

“啊！对了，帽子。”国忠尴尬地笑着又返身拿帽子。

“像猴子一样，无头苍蝇，”老祖母骂道，“还不快去，待会儿罚跪就活该。”

国忠躲过祖母轻轻挥来的巴掌冲出门去。

“不要跟人家吵架，听到没有？”

“不——会——啦——”国忠一溜烟便不见踪影了，嫩嫩的童音在巷口回荡着。

秋男的阿母关了门后探了一下素梅，那小女孩还睡着，而待她转身过来时，屋里似乎就在刹那间陷入一片死寂，耳膜呜呜地响着。

她慢慢地回到厨房拿了碗，正想盛粥时，眼皮却忽然一阵颤动。

“看到鬼！”她急忙伸手重重地按了按，岂知手里的碗便哐地一声落地碎了，素梅竟也被这一声吵醒，哇地哭了起来。

“来啦，来啦！”秋男阿母搁下捡了一半的碎片，又忙着朝卧房走去，而素梅偏自己爬了起来，揉着眼睛走向床沿，秋男的阿母刚进卧室，正好见她脚踏空身子一倾，“不要走！阿妈抱你！”才刚喊出来，素梅一惊瞪大眼睛望着阿妈，而整个人便摔下床来，几乎窒息地惊号着。

“好了，素梅，阿妈疼，甭哭，甭哭……”秋男阿母一边轻拍着素梅，一边却是一阵烦乱，心头难忍的焦躁，而眼皮却又赶在这时猛跳起来。

“见鬼了！真是，”她暗骂了一声，依然喃喃道，“甭哭，甭哭，阿妈疼……阿妈买虾味先……”

好不容易哄静了素梅之后，秋男的阿母心头还是无法舒坦下来，总觉得这个早晨一切都不对，都不顺当，于是喂完素梅一碗稀饭便点了几炷香，面对着神案的亡夫，低声道：“早起不知怎样，心头好难过，我在想，会不会你想跟我说什么，你要说也该在晚上托个梦给我，对不对？搬了家到现在，秋男和阿菊两夫妻为了付买房子的会钱差一点没做死，阿菊咳得要死还冒雨做工，秋男也是，人家说顺兴坑最近水很大，这里雨又落不停，我不知道要怎么说才好，我不要紧，你若想我就带我去，可是秋男、阿菊你可得保佑他们平安顺利，国忠素梅都还小哪，……你听到没有？嗯？保佑哦，看哪天秋男可以另外找个工作，也让阿菊休息一下，她跟着秋男，跟着我们受苦，让媳妇这样委屈，我心里难过，你知道吗？嗯？……”

晨八时二十分

远东航空公司飞往澎湖的班机此时已飞出陆地，机翼下的海面隔着薄薄的云层呈现着暗灰的色彩。

“啊，你看你看，这海和基隆河一样哪！”锦水的太太阿蜜把一瓶空中小姐递过来的橘子水推给儿子武雄，望着窗外兴奋地嚷道。

武雄正忙着研究如何把安全带弄开，方才拉得太紧，况且又是一瓶橘子水下肚，这会儿硬是找不到按扭，整个肚子涨得难受。

“啊！”武雄最后终于弄开了，舒服地吐了一口气。

“很漂亮嗯？”阿蜜的脸几乎贴在窗上，望着海面，“你看！你看！船！船！”

阿蜜急转过头来，拉着武雄叫道；武雄尴尬地左右瞧了瞧，扯了一下她的衣角轻声道：“阿母，小声一点！”

阿蜜果真发现自己的失态，笑了笑说：“你爸就不来，要不然看到海又看到飞机就有他扯的。”

武雄会意地也笑了。他想起年幼时，每逢阿爸浅酌几杯之后，总有那些离自己很远很远的时代里发生的战争的故事可听，从阿爸微红的脸颊，冒着油光的额头和激动地不停比划着的手势里，他近乎崇拜地嗅着那来自菲律宾、马来西亚丛林的血腥和求生的挣扎，更常把穿着破旧工作服的阿爸，重新塑造成另一个形象——即如电影和画片里的日本军人，长筒马靴，腰间斜挂着武士刀，那街道的人远远地望见都得乖乖的低头，哈咿，哈咿，哈咿！

可是，一等进了学校之后，那些崇拜却被厌恶和耻辱所取代了，他几乎忍耐地听着阿爸重复那些沉船、泅水，如老鼠一般地躲在潮湿的地洞里，生吃青蛙、生吃蛇肉的旧事，而心底却痛骂着："阿爸，你是走狗、你是汉奸……"最后，阿爸的英雄形象碎了，在他眼里，阿爸只是那么无知、卑鄙且无耻的一个人，甚至卑微得比一个平凡的矿工还不如，于是，父子俩的对立便开始了，而且日益尖锐。

"你阿爸今早不知道会不会装便当哦！"阿蜜仍望着窗外，这时又回过头问武雄。

"会啦，他不是连海龟都有办法烧来吃吗？"武雄笑着答道。

"那是少年时代当日本的兵……"阿蜜说着，突然眼眶一红似问似答说，"当兵，很苦哦！……"

"阿母，你好了啦！以前人家说当兵卖命，可是阿爸还不是平安回来？现在的兵，舒服死了！"武雄说。

“阿爸那时候，是祖宗灵圣。”

“现在就不了吗？”

“啊，你三八，”阿蜜拍了一下儿子的腿，“你这支嘴，你看看……”

武雄笑着望着阿母，阿蜜想了一会又去看海。

“阿母，入伍后，你劝劝爸不要再做，要不然叫哥哥、姐姐他们一起劝。”武雄说。

“干了三四十年炭坑，好不容易再捱一两年就可申请退休，好领保险，他岂甘放了那一笔钱？”

“阿爸在乎那笔钱？”

“不在乎才怪，”阿蜜正经地说，“他是自认这一生什么都没得到，只有这笔钱是他能留给你们的，钱不重要，重要是那些钱对他来说代表着……”

骄傲？是不是？武雄想。就像后来自己豁然了解的，阿爸之所以常把充军南洋的故事一再一再地重复，那原因必是只有提提这段历史才能让他觉得他亦荣耀地活过了这一遭吧？因为他是爸爸——他必须以高乎自己本来面貌的形象来督勉儿女，因为，他祈望儿女起码能够和那形象看齐，而只要这样，儿女便已胜过自己，不必如自己一般，庸庸碌碌过完一生，而且还得隐藏那么多的自责。

“拿钱给我们，我们也不会要。”武雄说，“要钱自己赚。”

“他不会给你钱。”阿蜜笑了笑说，“你这傻子。”

“那干什么？”

“他想帮你娶个媳妇，生个孙子退休时好抱。”阿蜜说。

空中小姐又拿起麦克风准备讲话，窗外这时竟有了淡淡的阳光，海面不知何时亮了起来。

“啊，这里没雨！”阿蜜说。

“瑞芳就爱下雨，”武雄也瞧了一下外头，“澎湖就到了。”

“那么快？嗯？六百多块就这么飞完了？”阿蜜怀疑地问。

晨十时整

虽然上课铃已响过了，但瑞芳国小五年四班的教室里依然一片喧闹，男生女生吵成一团，只有国忠静静地坐在位子上慢慢地磨着墨，看着砚台上的墨汁由稀变浓，他忽然有一股奇想，他想，要是能发明一种机器就好了，这种机器只要电一开，它就磨呀转呀，然后上好的无烟煤便哗哗地转出来，那时候，哈，我一定要让它二十四小时转个不停，于是爸爸便不必再入坑了。他只要站在机器旁边指挥货车，说：“来，来，来，好，停——，”然后怪手开来，把煤一爪一爪地抓进货车，爸爸就站在底下数钱，一张一张……哇……妈妈当然也不必去做工啰，她一定背着妹妹在厨房帮我做很好吃的便当，而咳嗽药早已煎好放在灶边等凉了才喝，阿妈呢？对了，阿妈一定跟人家到碧峰岩打太极拳去了，回来时顺便从菜市场带着油条、包子，还有热腾腾香喷喷的米乳哪！哇，真是太棒了……

国忠想着想着嘴角不禁绽出笑容，甚至还吞了吞口水……

这节是作文课。

“我们今天的题目是‘我最喜欢看……’，大家喜欢看什么就写什么，而且，要把喜欢的原因写出来，知道吗？”

“老师这是不是万象接龙？”有人问。

“是吧？不过要长一点。”老师说。

“我最喜欢放学的时候看到爸爸已经在家里了。”国忠写道。

“我最喜欢看到爸爸的脚的颜色和我一样，因为那表示坑内没水，坑内有水的话，爸爸的脚就会泡得白白的好像皮肤生病，而且，坑内有水的话我祖母说很危险，就会骂爸爸，爸爸就会不高兴，妈妈做工回来祖母也会骂她，那时妹妹就会哭，我就觉得不知道要干什么才好。

“我最喜欢看到爸爸和妈妈低声谈话而且还微笑的样子，那时候妈妈特别美丽，可是我每次都躲起来偷看，因为我一去，他们就不笑了。

“我最喜欢看到晴天。

“可是，我最喜欢看到的都很少看到，而且都看到相反的……”

晨十一时整

当阿菊卸下磨石子地用的小石头，肩头的肌肉一忽儿爽快无比地松了下来，但两腿却忍不住地打颤。这个早晨阿菊可真难过，由于咳嗽未止，于是每挑着石头走上最高层，就在呼吸最急促时那喉头被冷冷的空气一拂，一阵干痒之后便咳得愈厉害。好几次，只见眼前一阵漆黑，人差点昏死过去，可是本能地，她都尽快蹲下来，双手紧紧地抓住鹰架，她怕要是石子包掉了下去她还得再爬一趟，而更怕自己也掉下去了，那一刹那间，拂开那团黑影的都是素梅的笑靥、国忠的身影，还有秋男的脸。

漫想了一阵，她还是拾起扁担走下鹰架，风吹过一身雨水和汗湿竟是一阵刺骨的冰冷。雨，还是落着，工地灰扑扑的四围里不知何时竟多了一把红底小白花的洋伞，正在鹰架的最底层轻盈地转着。

阿菊才迈下鹰架，那持伞的女人一听到人声不禁回过头来。

一瞥之间，阿菊只觉得那女人真是面熟，化过妆的脸映着花伞洒下的微红显得清新且富态。是面熟，阿菊很确定，只是忘了哪儿见过的。

阿菊思量了一会儿，转过头咳了几声，正认命地朝那堆石子包走去，不料却听见那女子喊道：“是阿菊吗？”

刹那间好多杂乱的思绪一下子闪过，阿菊停着脚步甚至仍弯着腰愣在那儿。

“你不是阿菊？”那女子又走近了几步。

“是，我是阿菊，你……”千万种自卑却在阿菊回过头的刹那全部摆开，阿菊连自己都难相信竟会这么平静地面对原先所羞见的人，她忍住一阵咳意，甚至微微撑开一丝笑纹。

“我阿芬哪，你忘了吗？贡寮国小十六届的。”那女子兴冲冲地迎了上来，“记得吗？”

“哦！”阿菊终于想起来了，“啊！”

“记得了嗯？好巧，十几年没见了吧？”那女子上上下下地打量着阿菊，“你在这儿做工？”

“是啦……”阿菊慢慢地把扁担竖起来，也不知道是什么原因，就那么本能地挪到背后去，“多少赚一点……你来这儿有事？”

“啊，我是来看房子的啦，订了很久啰，来看看盖得怎么样，”那女子指了指那排新建的公寓，“哦，对了，这个是我头家，买这里的房子是他的主意，我说这里海风大，他却说这里安静啦，增值快……”

阿菊微笑地朝她身边的男人点了点头，而那男人虽然笑着，可是就如阿菊打量着自己一般，上上下下地看着阿菊。

“你忙吧，我上去看看，等一下再找你聊，好吗？”阿芬说着便推了男人一把，朝那每户订价百万以上的房子走去。

阿菊眼见他们走进了黑黑的屋壳子里，脑中一片茫然。

“命哦！”她暗自叹了一声。

阿菊真没想到阿芬竟会出落得这般令人欣羡啊！十几年前小学时代的阿芬可是又憨又丑，每回考完试发考卷，挨打的永远有她一份，一边哭着一边抹着鼻涕的样子可还清晰地如同昨日。

“你怎么不跟黄阿菊学学？”老师常这么说。而阿菊便感觉到阿芬那自怨自艾的眼光正朝自己扑来。

即使毕业了之后，阿菊仍是女生群中的佼佼者，别的女生都得到外地的工厂去做工，去当店员，而自己却干干净净地在乡公所当小妹，而阿芬呢，则在菜市场的鸡贩子那儿帮人家杀鸡拔毛。

有时走过菜市场，总看到阿芬戴着斗笠，或曝晒在火热的太阳下，或任雨淋着，把裙子撩到大腿根，用那双被水泡得起皱泛白的手，翻捡着那堆黏搭搭臭腥腥的内脏，当自己难忍地望着她，唤道“阿芬，你忙哦！”时，阿芬总习惯地抬起头，把流到人中的鼻涕吸回鼻腔，傻愣愣地说：“啊，多少赚一点啦！你下班了吗？”

而，现在呢？

“阿菊，还是和你聊天好了，”阿芬不知何时又走了出来，“你先生还在乡公所吗？”

“哦，不，他在做炭坑。”阿菊道。

“做炭坑？啊，我还以为他还在乡公所上班呢！”阿芬说完似乎在思量什么，隔了好一会儿才说，“不过，炭坑赚钱比较多吧？”

“还不及你们做生意的十分之一呢。”

“做生意苦哦，起早晚睡，还要陪笑脸，任人挑捡，苦哦！做工较自由吧？”

是啊！做工较自由，阿菊记得秋男当初决定离开乡公所时，也曾这么跟自己说过，可是那不是应酬话，那是含着辛酸和痛苦的抉择哪！

“你先生很好，不像我这个，呆呆笨笨的，不会做人，气都气死了，”阿芬嘴里如此说着，脸上却是一抹掩藏不住的满足的笑痕，“我记得，你们在恋爱的时候大家都说全贡寮就数你们最配……”

阿菊低着头笑了。可不是吗？那时秋男初中毕了业也到乡公所当小弟，才不久人家就说了：“阿菊，你比他先来三四年，可得好好照顾他。”

只是还没弄清人家说“照顾”的意思时，心里却先容下他沉静、认真且负责的影子。

后来，人家又说：“秋男，阿菊现在照顾你，你以后怎么照顾人家？”

秋男沉静的表情连变都没变，阿菊正暗自埋怨的当儿，谁知秋男却考上了远在基隆的夜校，黄昏一下班便赶火车去上课，下了课回到贡寮刚好午夜。

“秋男，你这样受得了吗？”有一天阿菊上班的时候，看见秋男一边洗茶杯一边背英文单字时忍不住问他。

“要是现在受不了，”秋男微低着头，朝阳从气窗溜了进来，洒在他犹带稚气的脸颊，“以后，我真的照顾不了你，我怎么受得了？”

之后，就这么淡淡地日复一日，毫不激情地相互许诺：我们永远是一块儿的。

“我念完高中补校后，先考普考，反正当兵的时候也可以考，总会被我考上，然后，当完兵再念夜间部大学……”秋男好不容易告诉阿菊他的计划时，几乎全乡的人已认定这斯文的一对定是天造地设的。

的确是天造地设的，两年后两人终于结婚了，可是，乡人来祝贺他们的婚礼时是面带悲戚的，因为秋男的阿爸在那年岁末寒风中伴随十七个伙伴话也没留一句地去了。

于是，洞房花烛夜她便和秋男守在棺材头，一张一张地折着冥纸，结婚礼服是粗麻盖头，是草鞋芒杖，翌晨虽然也是做人媳妇礼数地端茶递饭，不同的只是在于她必须号哭着，必须跪着、爬着，而且，没人接应，没人用慈祥的声音说："你们可该早点给我个孙子……"

"现在炭坑的收入都不错吧？"阿芬打断阿菊的思绪，"一天五六百有吧？"

"有啦。"阿菊应道。

"那也差不多了。难怪他离开了乡公所，我头家一个朋友也是吃公家头路，才一万出头呢！"

"嗯。"阿菊应了声不禁苦笑了起来。她好想说钱不是这样算的你知道吗？公家头路一个月一万，可是连礼拜天、休假都算的，而秋男呢，扣掉公休，扣掉坑内的水大不能做，扣掉筋疲力尽之后的无法入坑，一个月又能多出多少？的确，比起在乡公所干工友时是要好一些，可是，想深了，领固定薪水的人最担心的是赶不上车，没签上到，而矿工呢？担心的是什么，你们可想过？——命！而且不只是一个人一条命，你们可知道每一条命的背后还有一个家，还有一张一张等着去喂饱的嘴！

“加上你这么勤劳，过几年有上一笔，你先生不就可以换个轻松一点的工作啰！甚至还有一大笔资本做大生意赚大钱去呢！”阿芬说。

“我倒望着孩子能照你说的一样。”阿菊说。

“哦？孩子？对啦，对啦，”阿芬毕竟不懂，“替孩子着想这该的，天下啊，就是做父母的人最苦，像我头家还给孩子们买了一个什么教育基金的保险，谁知道，唉，长大以后，他们拿了钱记得什么！”

“是吧。”阿菊说，“阿芬，你真是人在福中哦！”

“啊！能再见到你实在高兴，我们十六届的都没连络了，我好想办个同学会大家聚聚，看看大家发达成什么样子……”

“是啊。”阿菊漫应了一声，即见顶楼的师傅正朝她招手。

“对了，你当发起人好不好？你毕业第一名，由你来当真是名正言顺……”

阿芬兴冲冲地说着，而阿菊却只想到该怎么跟阿芬说我该走了，要不然，待会儿师傅可没石子替你的新房子铺地……

晨十一时卅分

“兄弟啊！准备吃饭拉屎制造肥料啰！”片道内原本已逐渐稀疏的挖煤声经胖子这么一吆喝便完全停了下来。

"几点啦！"

"管伊，你爸肚子饿就吃。"胖子说。

锦水把系在裤内用小布袋装着的手表掏出来看了看："十一点半，驶伊娘，胖子的肚子真准。"

"没有这个，胖子呵，哪有这一身肉，你看。"胖子弯腰慢慢靠了近来，双手捏捏冒着汗水和着煤屑，在电池灯下显得焦黄油腻的肚皮说："你有没有？你就没有，你啊，吃的不够拉的！"

"你滚蛋，我要吃便当，别在我面前翻那块抹布！"锦水说着伸腿踹了胖子一把。

秋男在一旁看得好笑，而这一笑却觉两肋的肌肉一阵抽痛。好几天了，这种酸痛一直持续着，往昔只要休一天好好睡上一觉第二天起来人便像重新活过一般，可是这次已经吞了一两颗合利他命却还不见好转。老了吗？他不禁自嘲地笑了笑。

"他看不出哦。"秋男说着捞着坑壁边的水洗了洗手，那水在电池灯下似乎较平常流得快些，白中带黄的泡沫轻缓地旋转、掠过，秋男愣了一下说："那么胖的身子屈在煤巷里倒还活跳得很！"

"三十年经验哪，十字镐对他来说好像拿筷子！"锦水在另一端拿起便当抽出筷子晃了晃。

“今天的水好像大了些。”远处不知是谁含糊地问。

“雨大吧？”有人满嘴食物闲闲地搭上一句。

“吃了吧。”锦水说着也帮秋男解开便当。

秋男回头去看原先的工作处，煤层很薄但很深很远，有时自己常想顺着煤层这么挖进去会不会挖到某种小说里头的陌生国度？有如念过的书里，那一篇《桃花源记》……

“早上有几车？”秋男仍看着煤层问道。

“两三车吧？煤薄得很。”

“包头够本吗？”

“不够本他挖心酸的？”锦水翻开秋男的便当，里面有四个横切的蛋，他用筷子动了动才知道是半个，于是从自己的便当里夹了一块煎鲣鱼和一块卤肉给他，“一车煤可卖两千多，工资五六百，还有赚头。”

“这么薄的煤有时觉得挖起来真没趣。”秋男说。

“是没趣，要不然日本人早挖了，顺兴坑的煤日本人挖了好几年，我们现在挖的是他们留的水柱。”

“水柱？”

“他们怕再挖会弄坏基隆河的河床，所以预留的地下堤防。”锦水说着扒起饭来。

“那……我们还挖？”

“石油不够，煤炭涨价，谁不挖？”锦水说，“不挖，我们有事做？”

“我都不知道……可是官厅准吗？”

“测量过了吧，前几天保安中心的才巡过。”锦水说，“你不吃？”

“吃。”

“阿菊昨天连工吗？”锦水问道，又看了看秋男的便当。

“嗯。”

“她身体看起来好像不太好，”锦水说，“你婶仔那边有几颗海员从香港带回来的白凤丸，拿回去给她煎了吃。”

“……”秋男沉默了一会移过身子，“啊，对了，我前几天看杂志，他们说台湾很多煤矿都没有开采价值了……”

“不开吗？我告诉你，有一两万人，一两万个家庭会眼泪流眼泪滴，”锦水说着说着却激动起来，“他们，哈，我听得耳朵都快长癌啦，他们像什么你知道吗？像星期天坐在汽车里兜风的家伙，看着车窗外冒雨插秧的农夫说：‘啊，礼拜日，又落雨，干吗这么逞强呢？’”

“要是他们敢这么提起，一定是官厅有什么计划吧？”

“有吧，”锦水又扒了一口饭，脸上却是一抹怪异的、暧昧的笑容，“我听说他们要设一个‘退除役矿工辅导委员会’了！”

“真的吗？”秋男突地一阵兴奋，“真的哦？我就知道！”

“你不知道，”锦水啐了一根鱼刺，“主任委员就是我。”

秋男的笑容刹那间完全冻住，他掀开便当，默默地望着锦水。

晨十一时四十二分

抽水工旺春吃饱饭后总习惯性地在坑道内前前后后踅上一圈。腿不太方便，这么走着有时觉得还出汗呢。抽水帮浦的声音轰轰地响着，他才走远几步，却连三片道的添登招呼的声音都听不见。

“旺春，吃饱未？”添登在后头提高音调又叫了声。

“吃了，你呢？”

就在这时，旺春突然发觉马达的声音不对，这么多年的工作经验，他知道那轰轰的声音似乎略大了一些，而且夹杂着低沉的怪响。

添登似乎也听出不对，转过头去看着机器后又急回过头朝旺春指指机器，那神情似乎在问：“是机器坏了吗？”

旺春来不及回答，只略跛着脚朝机器跑去，而耳边那异声似乎愈来愈大，而就在难以分辨的刹那间，他感觉到一股强大的水流夹着坑内的炭层沙石湍急地冲过他的脚，一愣之后才抬起头却见添登头上的灯一阵抖动，似乎他也遭受水流的冲击。

“旺春——”添登大吼了声，朝旺春歪歪扭扭地跑来。

旺春企图迎上去，而只这一会儿他感觉到水流已漫到他的小腹，原本不方便的腿，这时更不听使唤。添登拼力跑近旺春，一脸焦急和惊愕。张着嘴似乎想说什么，而突然间，一阵强光伴随着震耳欲聋的慑人巨响在黝黑的坑道中爆开，巨响传过，耳膜间一阵鸣叫消失之后，坑内除了急流声以外一片死寂。

“马达爆了！”旺春直觉地喊。

“别管它，出水了，旺春，出水了！”添登叫着，“快跑！”

“你呢？”旺春觉得整个身子已几乎站不稳地漂浮着。

“我去通知下面的人。”

“我跟你去。”

“你快跑，先跑，你的腿不方便！”添登叫着，用力推了旺春一把，“出去，叫人——”

旺春一踉跄果真朝坑外的方向颠顿了几步；回过头时只见添登头上的灯光已朝坑内下方射去，耳间依稀是他的声音：“出水啰！快——出来！”

水已漫到旺春胸部，他只记得自己是认真地跑着，一步接一步，也不知多久，然而他忽然想到：底下还有三四十个人呢！

他略停了一下，还是努力地跑，“叫人——”他记得添登说。

晨十一时四十五分

秋男扒了一口饭，默默地嚼着，而眼睛却瞪着饭上的卤蛋发怔。不知怎地又想起早晨阿母怪异的神情和阿菊要命的咳嗽，当然，还有国忠和素梅的睡态……

“啊，驶伊娘，我老婆现在大概在澎湖大吃沙西米吧！”锦水突然放下便当说。

秋男笑了笑，心想可真巧，两个人竟在这个时候同时想起家人。

“她去是浪费，你懂吧？澎湖海鲜好，她却不敢喝酒，吃了保险马上拉！”锦水说着突然动了动身子，“怪事，水怎么流到这头来了？”

秋男被这么一说也直觉地站了起来，随着头上的灯光扫过，他发觉方才锦水洗手的地方这时水已全满了出来，而且还快速地朝自己站着的地方漫淹过来。

接着一声爆炸的响声轰轰地传来，两人刹那间全惊愕互视着。

“不对，秋男！”锦水放下便当机警地站起来，“出去看看。”

秋男亦觉得怪异，顺兴坑平日水是大了些，可是却从来没有这样子过，而，那声巨响是什么？

“可不要是基隆河破了底。”锦水边走边说，“要是这样的话可得娶海龙王的女儿做小姨……”

锦水话还在嘴边，秋男却听到由细而慢慢拔高的水流声，同时感觉那水的凉意已漫到小腿。

“锦水啊，这水是怎么搞的？”前方胖子啪啪地踩着水朝这头跑来，“还有，你们有没有听到爆炸声？”

“出去，别再跑进来，出去看看——”锦水朝他喊道，胖子的灯光随即停在原地。

水已经到了膝盖。

“驶伊娘，鬼打着真是……！”锦水的声音听来有点惊慌，“胖子，跑快一点！”

而胖子才跑了一两步，却又听锦水喊道：“停一下！”

胖子被一吆喝，加上心里确实也惊慌，几乎沉不住气地吼道：“全是你的话，干！”

锦水伸手阻止他出声，歪着头倾听着。秋男和胖子也诧异地听着……那水声很急而且加上坑内的回音显得低沉而慑人，可是就在这轰隆隆的声响中，他们终于听到似乎在很远很远处有断续的、近乎致命似的喊声：“……跑……出水……”

“听到什么吗？”锦水问。

“出……出水？”胖子似乎仍怀疑自己听到的声响。

“我也听到了。”秋男说。

“跑！快跑！不管如何不能后退，”锦水拉了秋男一把一边大声说道，“往坑口跑！知道吗？别管其他人，自己跑，不要回头！”

于是三个人便逆着水朝外头跑着，秋男觉得那水已到了小腹，满坑都是水声和三个人粗沉的喘息，抽空偏过头去望了望坑壁，却见那水正急遽地，沿着支柱间的横杆一格一格往上升，往上升……

不料才到片道外，却见一阵慌乱漫射的灯影，和杂乱不堪的、近乎歇斯底里的吼叫。

“出不去，外头水更大，往里头躲！”有人吼道。

“干你娘，里头更糟，冲出去！”

“在里头等死是不是？”

“那出去，你出去，有办法你出去，干你老母，你去！”

“前面到底怎样？”锦水冲入人群，抓住那主张往里头跑的人问，“水很大，讲不清的大，水太强了，连冲都冲不过！”

“那刚才是谁在喊？”胖子问。

“好像是添登的声音！”

有人迫不及待地往后头跑，锦水一把捞住他的手：“不要往里头去！”

“干你娘，驶你娘，那你要我怎样？”灯光下那人的神色已近乎崩溃，满是炭乌的脸扭曲成一团。

“好，你去！”锦水说，“其他的人朝前面跑！”

人们一阵死寂，他们呆立着茫然相觑。

水，一寸一寸地漫到胸前。

“跑啊！”锦水道，却觉得胸口一阵紧缩，鼻孔间竟吸不进半点空气。

人们经过一阵惊愕之后，一刹那间竟疯狂般地前后左右不停地奔突、叫着、哀吼着、嘶哑地哭着，找尽所有最恶毒的字眼咒骂着，彼此拉扯、扭打着；秋男惊怖地望着他们，他企图排开他们，至少辟出一条去路。

后来，他亦觉得窒息了，突然，他发现左右的灯光竟一个接一个地熄了，水继续迅速且带着冷笑般的声音漫到喉头。

“秋男！”他听见锦水的声音。

“锦水叔！”秋男狂吼一声。

然后，他看到身边灯光一闪，锦水的半个脸露在水面，周围都是挣扎扑动的水波和彼此起落的气泡，那水波泛了过来，正好漫到秋男的鼻口。

“干你娘，锦水叔，你不要乱动好不好！”

秋男觉得呛而难过，他咳了好几声，本能地跳着躲开那水波:“驶伊娘，驶伊娘……”

然后，锦水的脸不见了，整个坑道中似乎只有他头上的灯亮着，然后，就在灯即将熄去的那一刹那，他跳了起来，借着水的浮力，他抓住支柱的横梁。

水仍一寸寸地上升，坑内是一片黑暗。

秋男急促地喘着气，尽量抬起下巴。

水再升一寸就停了，秋男想。

他似乎看到阿菊和孩子们……外头出太阳了吗?

“你再涨，干伊娘！”他叫道。

他在黑暗中仿佛看到一个熟悉却又遥远的影子。

水仍上升。

好冷，阿菊，我喘不过气啦！国忠、素梅，爸好想抱你们呢……

水似乎带着胜利的笑着，上升，上升。

然后秋男看到那影子，啊，是你？是你……

“爸——”他叫道，“阿爸——”

而横木上的手便松了下来，一阵急扑之后就静了。

水满了之后，坑道内真是冷而寂静呵……

中午十二时

旺春仍近乎痴呆地坐在坑口的铁轨旁，望着漆黑的坑口发怔。耳边喧嚷的仍是矿坑内那一声惊爆，那一片水声，还有添登最后的声音："出水了——"

他好像从一场极度恐怖的噩梦中醒来，虽然后来知道有十个伙伴和他一样都从那场浩劫的魔掌边缘蹿出，可是他更记得，就在那狭隘的坑道里头仍有三倍的人，他不敢说，可是他近乎绝望地料定——去了！都去了！

幸存的人正在工寮里外不停地奔窜着，一个个有如幽魂般地来去呼嚷，可是一个个却都手足失措。

"驶伊娘，驶伊娘，"有人叫道，"现在到底怎么办？"

"我看先抽水！"有人仓皇应道，那声音犹带着惊慌的喑哑与悸颤。

"你看，你看个屁，四部抽水机全在坑内，抽，我怎么不知道抽！"

"干你娘，要不然要怎样，你说！"他稍稍停了一会儿才又问，"叫包头来呀！"

"早通知了，他一听都昏死过去了，"那人答道，"他来了又怎样？没有抽水机又怎样？"

"我们通知其他矿坑好不好？拜托一下，我们大家想想办法好不好？"

那十几个人加上工寮内原本的一些人就这么手足失措地叫

嚷争辩着。

“我们等包头来再做决定好不好，现在大家像疯狗一样又能如何？”

“好！你们等！你们等！”有人大嚷着。

“干你娘，你静一静好不好！我跪你好不好？你要怎样，你说，你自己都想不出办法，你要我们怎样？”

“我，我……”那人终于号啕地哭了起来，他任眼泪在全是乌黑的泥屑的脸上窜流着，“我要去告诉他们家里的人，我要去！”

“你回来！”有人喊着。

“不要管他，任他去吧，我们除了等包头来……你说，我们能做什么？”那人说着便蹲了下来，捧住脸呜呜地哭起来。

午后十二时卅分

阿菊把扁担横在石子包上头，头枕在上面侧卧歇着，一个早上的上上下下她着实很累，于是闭着眼睛浅浅地睡了，只是仍断续地咳着，手中抓着没吃完的一个海棉蛋糕，她还仔细地用舍不得丢掉的那个塑胶袋再套了一层。

……国忠就爱吃这种面粉做的东西……她迷迷糊糊地想着，忽然听到有人急促地爬上鹰架的声音，她很想起来，可是却又起不来……管伊，我是累……阿菊想。

“阿菊！”上来的人叫着。

“嗯？”阿菊究竟还是翻身起来，她看到监工和师傅全站在眼前，“你们不是在下棋？”

“阿菊，”师傅唤道，“你回去一趟……”

“干吗，我只是累了点，睡一下就好了啦！”阿菊说，“没关系啦，我没病……”

“不是……”监工一脸焦急，似乎想说什么但却让师傅阻止了。

“阿菊，我刚刚接了电话。”师傅朝阿菊靠了近来，监工亦走了过来，“顺兴坑出水，三十几个人没出来！”

顺兴坑？……顺兴坑？

天——

“秋男，”师傅一脸凝重的神色，“也在里头。”

没有——，绝对没有——

阿菊突然一阵抽搐，那牙齿紧咬着嘴唇，血随即渗了出来，她无声地吼叫着，猛摔着头，两手用力地想剥开师傅护着她的臂膀，喉咙连续地几声咿唔，然后又是一阵激烈的抽搐后，全身便瘫软在师傅的怀中。

午后一时整

秋男的母亲才哄睡了素梅，正想起身把方才午餐的两个碗洗洗，门却砰砰地响起来。

“国忠吗？”她缓慢地移动着步子朝门口走去。

门又砰砰地响着。

“你又忘了带什么嗯？真没头神哦！你！”她拉了好几下才把门拉开。

门外不是国忠，而是一脸惊慌的邻长。

“来坐。”她说，“你没午睡？”

“阿母，”邻长唤了声，隔了一会儿才喘着气说，“我……我来跟你讨杯水喝！”

“是冷的呢！”秋男的阿母说着正想迎入他，而才退了一两步却忽然想起来——要水喝？她愣了一下子，再看了看邻长的表情。

“你要水喝？”她一边注视着他，一边倒茶水，而那水却偏过杯缘哗啦啦地洒落一地。

“阿母……”

“真的？”

邻长点点头，而却没有再抬起头来。

“死团仔——夭寿短命！不孝子！”她突然狂吼起来，“你去死，死没人哭，去死！去死！早死我早出脱——”

她猛转身，就将那杯子朝神案上先夫的照片摔去，当当一阵脆响，玻璃碎片飞溅开来，房里的素梅被这声猝响惊起，没命地哭着。

“你们都去死，老爸后生一起去死，去逍遥！都去死！死人！死团仔！”她指着神案狂吼着，用脚猛踩着斜躺在地上的照片，“我就知道，我就知道，父子相携，去死！去死！”

“阿母，你听我说——”邻长冲了进来，抱住她，任她扭动，任她用脚猛踹着自己的脚背。

“死人，死没身尸，死没人哭——”她仍大叫着。

午后一时五十分

苍老而落寞的瑞芳午后，雨才稍一停歇，街道那端竟响起尖锐的警示器的呜咽。

人们不禁探头望着，但是警车领着一部白色救护车正朝瑞八桥那方疾驶而去。

“干什么？”有人问。

“我闻到不好的味道，矿坑的味道。”那个在亭仔脚摆奖券、香烟摊子的残废矿工说，“要不要打赌？”

午后四时

阿菊和其他两三个妇人全躺在坑口工寮边摆出来的藤椅上，她整个下巴全是血迹，下嘴唇肿胀而苍白。

秋男的阿母拥着国忠静肃地望着坑口那堆人群，耳边是挥拂不去的哭声、哀号。

"我们不能哭，我们不能哭……"她拍着孙子的肩，喃喃不休地念道，扬过的风吹得她一头黑白交杂的发丝如枯草般飞散，国忠果真不哭，只是眼睛眨也不眨地望着那远处的坑口……

"阿母——"阿菊突然醒了过来，猛地挺起身子，护士匆匆赶了过来，国忠正想过去，却见妈妈张大了口，双手朝自己脸上抓来，而刹那间却又无力地瘫软下来。

此时前边正是喧腾纷乱。警察、记者、家属、官员交互奔跑，嘶喊，每个人的声音早已沙哑不堪，电视台的采访员正把麦克风对着官员的嘴。

"我们都在尽力……"那官员最后说。

"谢谢。"采访员才放下麦克风刚走开，围观的人群中却有人冲了出来。

"没有用啦，你们都在做戏没有用啦，你问他有什么用？你怎么不问我？干伊娘，你问我呀，你如果敢问我，又敢在电视上演出来我就认为你行，要不然，滚蛋，"那人一双手几乎甩到采访员的鼻端，几乎无法控制地激烈狂嚷着，“不要在这儿碍手碍脚！”

“好……好吧，”那采访员似乎头一次碰到这种不敬的人，他失措地举着麦克风，“那你想说什么？你有什么意见？”那人抢握着麦克风，他不在意远处镜头早已垂了下来，他叫着：“他们不把那些人的命当命看，干伊娘，十一点多出事拖到一点多才报警，这个不要紧，你看，现在几点了，抽水马达在哪里？干伊娘，就是去美国买也该运到了，三十四个人啊！三十四个家庭啊！干伊娘，再不抽水，那些人死定了，你知道吗？嗯？”

“这位先生，你太激动了，我解释好吧？我解释……”那官员说。

“不要。”

“你——”秋男的阿母不知何时牵着国忠走了过来，“你不听他说，听我说好吧？”

“奥巴桑……”那人回过头望着老人，好一会儿才逐渐平稳下来，“好……”

“我的独子在里头……”她全身微微颤抖着，而那双眼睛除了一抹凄凉哀怨的神色外，没有一滴泪，“他入坑做工，老板给他钱，谁都没相欠，我不抱怨谁……”

“可是，奥巴桑，人还没救出来，他们一点都不着急……”那人说。

“他们不着急的话，他们不会来……”

“但是人命关天，他们来有什么用，抽水帮浦没来！”

“人不是仙，人若是仙，我儿子就会好好活着……”

“可是，那些人不一定都在里面等人去救！”

“水已经到坑口了不是吗？”秋男的阿母这时竟微微有了笑意，她摸了摸那人的肩膀，舔着嘴唇，好久好久才说，“这是命，我自己知道我的命，我自己知道我的头家和儿子都不要我，他们都甘愿守在煤矿里……”

“奥巴桑。”那官员走了过来扶着她。

“把它封起来，”她幽幽地说，“他们爱守在那里就让他们守着，把它封起来，简单又省事，把所有炭坑都封起来……”

秋男阿母的声音忽然高昂起来:“封掉,都封掉,我还有孙子,只有这一个孙子，我不要——”

她抱着国忠，紧紧地抱着。

“阿母——”阿菊竟又醒来，推开护士朝这头奔来，而只叫了这声便几乎断了气似地咳了起来。

深夜十一时

由外处运来的大型排水机终于发动了，那轰轰的声音响彻寂静的山坡，只是稍远处基隆河奔流的声响却压过马达声，慢条斯理地有恃无恐地传过坑口。

深夜零时

坑道内一片黝暗，死寂。

盈盈的恶水微微波动着，水中那些浮肿的躯体缓缓漂动着，像一群午夜抱醉而归的友人般，他们都静静地、毫无知觉地飘动着。

水底有一个便当，几片切半的卤蛋散在一边，那蛋黄正慢慢化开，化开……

三月廿二日

太阳依旧升起。人们依旧忙碌。

只是有好多人第一次知道远在瑞芳那儿有一个叫顺兴坑的煤矿，那儿有一群人正以和自己完全不同的方式谋取生活，可是，那儿也有三十四个人却在认识之前羞怯地跑开了，只留下名字，在报纸上占上长长的一排。

三月廿三日，下午五时

依旧忙碌地照顾着抽水机的人们突然都停下工作，静肃地望着那几个缓缓走来的人。

捧着冥纸的老妇领头走在前面，后头跟着的是一个穿戴重孝捧着神位的小孩，然后是一个少妇，她抱着孩子低着头，而那孩子却拉扯着她头上的粗麻盖头，嘻嘻地笑着，牙牙的说："妈妈，我也要戴嘛！我也要啦！"

人群中有人跑过来，站在老妇的面前低声说："阿母，我们都还在救……"

"我知道，我知道，秋男他也知道，他会感谢你们，保佑你们，"那老妇说，"他一向是那么记得人家的情……我只不过来烧些钱啦，让他路上用得着，你不晓得，他节俭得有时口袋里连一毛都没有哦……"

天渐渐暗了，人们围了过来，帮着她们把一张一张的冥纸燃了，于是，天地之间便充塞着一股肃杀哀伤的气息，任风吹拂不去……

下午六时卅分

阿菊走到矿工洗浴的棚子边后，便把素梅交给国忠抱着，自顾朝那些悬挂着的一套套衣服的暗处走去。

"阿菊，暗了，你找得到吗？"秋男的母亲朝媳妇唤道。

"找得到，阿母，我闻得出来……"阿菊答着，果真一套接一套地摸着、嗅着过去。

晚风很强，那些衣服摇晃不定，一套一套似乎都朝阿菊招着手。国忠愣愣地望着妈妈移动的影子。

"阿母！"忽然间，阿菊兴奋地叫着，"我找到了。"

"真的吗？"

"这裤袋我补过的，摸也摸得出来。"阿菊说。

"好吧，那回去吧。"

"阿母，我把它洗一洗才带回去好吗？"

"……"

阿菊说着便跪了下来，抓过桶子提了满满的一桶水，洒湿了衣服之后便揉了起来。

她不时地咳着，和着滋滋的水声，和粗沉的喘息，她起伏着上身，使劲地洗着。

最后那桶水便洗完了，她站了起来又提了一桶。

"阿菊，好了。"

"阿母，还脏呢！"

"你看得见？"

"还脏……"阿菊喃喃地说道，最后那强忍住的哭声终于慢慢泄出。

“还脏……阿母。”

“回去，阿菊，洗破了，秋男不高兴，你知道吗？”

“还脏……”阿菊终于哭出声来，却还使尽力气地搓着衣服，那身子起伏得愈是厉害，在黑暗中有如跪拜着神明似地不停地叩着头。

“回去，阿菊，回去，回去啰——”老妇的声音突然爆开，仰着头对着惨黑的星空有如招魂般地一声紧似一声，“回去啰——秋男，我的儿呀——，回去啰——回去啊——”

国忠紧抿着嘴唇，可是那眼泪却还是溢流出来，他抱着早已睡去的妹妹，慢慢走向母亲，他停了一会儿，装出笑容低声跟妈妈说：“不要紧，妈妈，不要紧啦……”

可是两个妇人却仍哭叫着，那声音把山坡上的风都叫冷啰！

此后

即如天终会放晴，水终会抽干，当然，在温暖的人情里，那无数行的眼泪会干得快些。只是，人再也回不来了。

大家都将了解，悲剧并非全是错误造成的，如果要归罪于谁，请归罪神，它不该创造矿工这个行业。

也许我们都会想到，哪里去找这么长的一个墓碑好把三十四个名字一齐刻上？他们是：

俞添登　郑春发

陈忠川　吴秋男

等卅四个矿工英灵

发表索引

《白鸡记》，一九七八年九月十八、十九日联合报副刊（入选联合报第三届小说奖佳作奖）

《巡夜》，一九七九年一月现代文学复刊第六期

《是的，哈姆雷特先生》，一九七九年一月三、四日联合报副刊（入选联合报第四届小说奖佳作奖）

《病房》，一九七九年八月现代文学复刊第八期（入选“六十八年年度小说选”）

《白鹤展翅》，一九七九年十一月台湾文艺革新第十一期（获吴浊流文学奖小说创作正奖）

《特别的一天》，一九八一年一月十一日联合报副刊

《悲剧脚本》，一九八一年四月十四—十九日联合报副刊。